KB036527

등 뒤의 기억

ちょうちんそで

Chôchin-Sode

Copyright © 2013 by Kaori Ekuni

First published in Japan in 2013 by SHINCHOSHA Publishing Co., Ltd., Tokyo

Korean language translation rights arranged with Kaori Ekuni

through Japan Foreign-Rights Centre / Shinwon Agency Co.

등 뒤의 기억

펴 낸 날 | 2014년 9월 22일 초판 1쇄

지 은 이 | 에쿠니 가오리
옮 긴 이 | 김난주
펴 낸 이 | 이태권
책임편집 | 곽지회
책임미술 | 장상호
펴 낸 곳 | (주)태일소담
　　　　　서울시 성북구 성북동 178-2 (우)136-020
　　　　　전화 | 745-8566~7 팩스 | 747-3238
　　　　　e-mail | sodam@dreamsodam.co.kr
　　　　　등록번호 | 제2-42호(1979년 11월 14일)
　　　　　홈페이지 | www.dreamsodam.co.kr

ISBN 978-89-7381-219-6 03830

이 도서의 국립중앙도서관 출판예정도서목록(CIP)은 서지정보유통지원시스템 홈페이지
(http://seoji.nl.go.kr)와 국가자료공동목록시스템(http://www.nl.go.kr/kolisnet)에서
이용하실 수 있습니다.(CIP제어번호: CIP2014026496)

· 책값은 뒤표지에 있습니다.
· 잘못된 책은 구입하신 곳에서 교환해드립니다.

에쿠니 가오리
김난주 옮김

ちょうちんそで

등 뒤의 기억

소담출판사

차례

1
6번가의 추억

1

옆집 남자가 찾아왔을 때, 히나코는 가공의 여동생과 차를 마시면서 6번가의 추억을 얘기하는 중이었다. 자매는 밀크 티에 비스킷을 적셔서 먹고 있었다. 그녀들의 어머니가 곧잘 그렇게 먹곤 했다. 어머니는, 이렇게 먹을 때는 비스킷이 '마리'가 아니라 꼭 '초이스'여야 한다고 했다. 그것은 물론 유언이 아니라 — 그런 걸 유언으로 남기는 어머니가 과연 있을까 — 살아 계실 때늘 하시던 말씀이었다. 그래서 히나코와 가공의 여동생은 어머니가 돌아가신 지 10년이 넘은 지금도, 각자의 집 선반에 초이스가 끊이지 않도록 한다. 그뿐만 아니라 외출할 때도, 어쩌다 밀크 티를 마시게 되었을 때 당황하지 않게 낱개로 포장된 그것(자매가 어렸을 때는 없었다. 당시에는 직육면체의 종이 포장지에 비스킷이 꽉 차게 들어 있어서 한번 뜯고 나면 밀봉할 수 없었고, 비스킷이 줄어들면 꺼내기도 쉽지 않았다)을 가방에 넣어 다닌다. 하지만 이렇게 먹는 데는 위험이 따른다.

마리처럼 딱딱한 비스킷은 그나마 괜찮지만, 초이스처럼 부드러운 것은 자칫 차를 너무 머금으면 그 무게를 이기지 못하고 끊어지고 만다. 톡, 아니면 툭. 끊어진 그것은 찻잔 속이나 테이블 위 또는 무릎 위에 떨어진다. 돌이킬 수 없게 비참한 모습으로.

하기야 히나코의 기억 속에 있는 어머니와 여동생은 그런 실수는 하지 않았다. 톡, 아니면 툭. 찰랑, 아니면 철렁. 그렇게 떨어지는 것은 언제나 히나코의 초이스뿐이다.

오늘도 그랬다. 가공의 여동생은 웃었다. "아하하하하하. 또 떨어뜨렸어? 언니도 참"이라고 하면서.

"왜 그렇게 푹 젖을 때까지 적시는지 모르겠네. 엄마가 그랬잖아, 살짝 담그기만 하면 된다고."

히나코는 부끄러워 고개를 푹 숙였다. 비스킷을 푹 적시고 마는 것은, 밀크 티를 듬뿍 머금는 편이 맛있을 거라고 생각하기 때문이다. 즉 자신이 욕심이 많아서라는 걸 알고 있었다.

"이렇게 하면 되잖아, 이렇게."

가공의 여동생은 미간을 찡그리고 입술을 오므리고는(진지해질 때 나오는 버릇이다) 아무것도 없는 허공에다 비스킷을 살짝 밀크 티에 담그는 흉내를 낸다. 몇 번이나. "이렇게, 이렇게" 하고 중얼거리면서.

히나코는 올해 쉰네 살이 된다. 그러니 여동생 아메코는 쉰 살이 되겠지만, 지금 이 방에 있는 히나코의 가공의 여동생 나이는 서른 살쯤이다(때로는 열일곱 살쯤으로 보이기도 한다). 히나코는 벌써 오래도록 여동생을 만나지 못해 그녀가 지금 어떤 모습인지 모른다. 야위었는지 살이 쪘는지, 머리는 검은지 하얀지, 혹은 갈색이나 오렌지색으로 물들였는지.

히나코가 아는 여동생은 말라깽이였다. 팔다리가 길고 머리는 까뭇까뭇하고 입술은 얇았다. 어머니를 닮아 입술이 얇은 건 히나코도 마찬가지지만, 여동생은 대학을 졸업할 즈음에야 뒤늦게 그걸 알고서 "우리, 입술이 참 얇지?" 하고 히나코에게 말했다. "립스틱을 어디에 바르면 좋을지 모르겠잖아" 하고.

크림색의 무거운 금속 현관문을 열자 옆집 남자가 "안녕하세요" 하고 말했다.

"지금, 괜찮은지 모르겠군요. 아니면 방해가 되려나."

조심스럽게, 웃는 얼굴로.

"들어오세요."

문을 활짝 열고서 히나코는 남자를 집 안으로 들였다.

"또 이 사람이야?"

가공의 여동생이 말했다.

"마침 차를 마시고 있었어요. 앉으세요."

히나코는 여동생의 말은 들은 척도 않고 주전자에 물을 받아 가스 불에 올려놓았다. 가공의 인간과 현실 속의 인간이 한 공간에 있을 때에는 현실 속의 인간을 우선시해야 정신 상태를 의심받지 않는다. 안 그래도 얼마 전에 둘째 아들에게(히나코에게는 아들이 둘 있다) "어머니, 요즘 점점 더 오락가락하는 거 같아요" 하는 소리를 들었다.

"고맙습니다. 그런데 차는 안 끓여도 돼요. 가져왔거든요. 이런 건 어떨까 싶어서."

옆집 남자가 천 주머니를 테이블에 올려놓고 주섬주섬 뭔가를 꺼냈다. 녹차가 담긴 페트병 두 개와 도시락 두 개.

"역내 도시락인가요?"

히나코의 질문에 남자가 웃었다.

"아니, 역내 도시락은 아닌데요. 그런데 웬 역내 도시락?"

되물었지만, 히나코는 대답할 말이 궁했다. 남자는 조금 전까지 가공의 여동생이 앉아 있던 자리에 앉아, 도시락을 덮은 플라스틱 뚜껑을 두 개 모두 열었다.

"지금 몇 시예요?"

남자는 시계도 보지 않고서 "3시 반이나, 45분쯤" 하고 대답했다.

"이런 시간에 점심을 먹어요?"

비난할 마음은 없었는데, 비난하는 투로 말이 나오고 말았다. 히나코는 서둘러 덧붙였다.

"미안해요, 내가 상관할 일이 아닌데, 단노 씨가 몇 시에 점심을 먹든."

남자가 난감한 표정을 지었다. 왠지 강아지 같은 얼굴이라고 히나코는 생각했다.

"아니, 내가 문제가 아니라, 히나코 씨 아직 점심 안 먹었죠?"

그러고 보니 그랬다.

"어떻게 알았어요?"

남자는 질문에 대답은 않고 "자, 먹읍시다" 하고 말했다.

심심하면 놀러 오는 이 옆집 남자가 왜 그런지 히나코는 싫지 않다. 나이는 물어본 적이 없지만, '초로'라는 단어가 딱 어울리는 인상이다. 희끗희끗한 머리는 아주 짧게 깎았고(히나코 의견으로는 요리사나 경찰관에 어울리는 헤어스타일이다), 언제나 옷을 단정하게 입고 있다(오늘은 갈색 바탕에 하얀 무늬가 있는 알로하셔츠에 감색 버뮤다팬츠 차림이다).

배는 고프지 않았지만, 히나코는 남자와 마주 앉아 오밀조밀 담긴 반찬을 집었다.

"이거 먹고 슈퍼에 다녀올 건데, 뭐 필요한 거 있으면 사다 드리겠습니다."

남자가 말했다. 전에도 시장을 봐다 준 적이 몇 번이나 있었다. 히나코는 남자보다 젊고, 건강에도 문제가 없다. 자신이 왜 그런 말을 들어야 하는지 솔직히 이해가 안 가지만, 편리하니까 때로 호의를 받아들이고 만다. 장을 보러 버스를 타고 가는 히나코와 달리 남자는 자기 차로 가니까.

"고마워요. 그런데 괜찮아요. 다 있으니까, 오늘은."

"정말요?"

남자는 마치 의심할 이유가 있는 것처럼 그렇게 확인하고는, 의심받은 히나코가 울컥하는 것을 느꼈는지 서둘러 말했다.

"아, 아닙니다. 내가 공연한 소리를. 그렇다면 됐어요."

"이 사람, 역시 좀 이상한 거 아니야?"

멀찌감치 피아노 앞 의자로 밀려난 가공의 여동생이 끼어들었다. 히나코는 그 말을 묵살했지만 부정은 하지 못한다. 인상은 좋은데, 이 남자와의 대화는 늘 어딘가 핀트가 어긋난다.

"그럼, 내쫓아버려."

가공의 여동생이 발끈해서 말했다.

'왜?'

히나코는 마음속으로 되물었다.

'나는 시간이 남아돌고, 이 사람은 안 그래도 곧 돌아갈 거야. 아내가 기다리고 있으니까.'

단노 부인과 히나코는 아파트 입구나 쓰레기 분리수거장에서 간혹 마주친다. 예의는 바르지만 인간미가 없는 여자, 단노 부인에 대한 히나코의 감상은 그렇다. 그녀와의 교류는 우연히 만나 선 채로 나눈 대화, 그리고 아파트 입구 옆 공간에 마련된 벤치에 앉아서 나눈 대화로 시작됐다. 그런데 어느 날 불쑥 남편이 찾아왔다. 부부의 성이 '단노'인 것은 분명한데, 한자로 어떻게 쓰는지는 히나코도 모른다. 통성명을 말로 한 데다 현관 옆에 붙은 조그만 문패에는 알파벳으로 'TANNO'라고만 표기되어 있다.

"히나코 씨는 옛날에 센다이에 살았다고요?"

"네, 아주 오래전에 2년쯤 살았어요."

"그리고, 그 후에는 요코하마로 이사했다면서요?"

정확히는 그렇지 않지만 어떻든 상관없는 일이라 히나코는 고개를 끄덕였다.

"네, 그랬죠."

"또 시작이네."

가공의 여동생이 얼굴을 찡그렸다.

"이 사람은 늘 이렇게 캐고 들더라."

피아노 의자에 앉은 채, 따분하다는 듯이 두 다리를 쭉 펴서 올리며 여동생이 말했다.

"요코하마 어디였습니까?"

"네? 아, 음, 니시구였어요."

히나코가 대답하자 남자가 눈을 반짝였다. 자기 몫의 도시락은 이미 다 비어 있었다.

"전에 물었을 때는 미도리구라고 대답했던 거 같은데."

히나코는 대꾸하지 않았다. 미도리구에 살았던 건 센다이로 이사하기 전이고, 센다이에서 돌아와서는 니시구에 살았다. 미도리구의 집은 사택이었고, 니시구에서는 시어머니와 함께 살았다. 하지만 그게 이 남자와 무슨 관계가 있나 싶고 설명하기도 귀찮아 "그랬나요" 하고 말았다. 참고인 조사라도 하는 것 같았다. 그런 말을 하려다 히나코는 "코로 짱 같네요" 하고 중얼거렸다.

"코로 짱?"

남자는 코로 짱이 누구냐는 듯 되묻고는, 빈 도시락을 들고 온천 주머니에 집어넣었다.

"아니, 쓰레기는 두고 가도 괜찮아요."

히나코가 남자를 말리고는 설명을 시작했다.

"코로 짱이 누구냐면, 형사 콜롬보를 말한 거예요. 나하고 여동생은 그렇게 불렀어요. 그런데 형사 코작은 코자 짱이라고 하지 않았네. 왜 그랬을까."

"여동생이, 아메코 씨라고 했던가요?"

"네, 아메코. 좀 이상한 이름이죠? 히나코라는 이름은, 내가 태어난 달이 3월이었으니 그나마 납득이 가지만."(일본에서는 매년 3월 어린 여자아이들이 건강하게 잘 자라주기를 기원하는 의미로 '히나마쓰리'라는 행사를 치른다 — 옮긴이)

남자는 심각한 표정으로 히나코를 빤히 쳐다보았다. 한참을 기다렸지만 아무 말도 하지 않았다. 남자의 눈빛이 슬퍼 보여, 히나코는 왠지 불안해졌다.

"그럼, 이만 가보겠습니다."

남자가 미소 지으면서 말했다. 미소를 짓고 있는데 눈은 여전히 슬퍼 보여, 히나코는 이상한 얼굴이라고 생각했다. 아니면, 이 사람 얼굴이 원래 이랬었나, 하고.

"식사는 꼬박꼬박 챙겨 드세요."

거의 줄어들지 않은 히나코의 도시락을 보면서, 옆집 남자는 그런 말을 남기고 돌아갔다.

2

바다.

오후의 햇살에 따스해진 모래를, 마사나오는 비치 샌들을 신은 발로 밟는다. 여름방학. 해변은 사람들로 북적거린다. 모래에 꽂힌 파라솔과 모퉁이를 짐으로 누른 비닐 시트 사이사이로, 이리저리 뛰어다니는 강아지와 아이들과 날아다니는 비치 볼을 피하면서 걷는다. 정수리와 등이 따갑다. 땀 젖은 티셔츠가 몸에 들러붙는다. 해변에 늘어선 집들의 외관은 미국의 서해안 분위기가 나는 곳도, 동남아시아나 선술집 분위기가 나는 곳도 있다. 그중의 한 집(유럽의 카페 분위기)에 마사나오가 세상에서 가장 사랑하는 두 여자인 아내와 딸이 있다. 하지만 마사나오의 지금 위치에서 보이는 것은 아내와 딸이 아니라, 아내와 아미다. 둘 다 바다가 내다보이는 특등석에 앉아 마사나오에게 손을 흔들고 있다.

믿기지 않을 정도로 아름다운 풍경이라고 마사나오는 생각한다. 미녀와 미소녀가 나란히 앉아, 빛나리만큼 환하게 웃는 얼굴로 자신을 바라보고 있다. 그리고 미녀 옆에 놓인 유모차에는 세상 최고의 아기가 잠자고 있다. 마사나오는 비스듬한 모래 언덕을 뛰어 올라가지 않을 수 없다.

"어서 와요!"

아내와 아미가 입을 모아 말했다. 밝고, 쾌활하고, 여자다운 목소리다.

"자, 여기."

마사나오는 그렇게 말하면서 아내의 선글라스를 테이블에 올려놓았다. 차에 두고 왔다고 해서 가지러 갔다 온 것이다. 유모차 안을 들여다보니 딸은 평화롭게 자고 있다. 가게 안에는 상당히 큰 소리로 레게 음악이 흐르고 있는데 시끄럽지도 않은 모양이다.

태어난 지 6개월 된 갓난아기를 여름 해변으로 데리고 가도 좋을지 마사나오는 판단할 수 없었다. 그런데 아내나 장모나 아무 문제 없다고 했다. "바다에 데리고 들어갈 것도 아니고, 그늘에서 몇 시간 있는 정도는 아무 탈 없다니까"라고.

마사나오는 아내를 위대하다고 생각한다. 이렇게 예쁜 아이를 낳아준 것도 그렇고, 아기가 토하거나 밤에 울어도 당황하지 않고 대처하는 것도 그렇다. 또 출산 전이나 다름없는 날씬한 몸매로 돌아와 현재 여대생인 아미와 마치 친구처럼 수다를 즐기는 것도 대단해 보인다. 그것도 오가는 말이 전부 반말이다. 마사나오 자신은 동생의 여자 친구인 아미를 귀엽고 좋은 사람이라고는 생각하지만, 어떻게 대하면 좋을지 몰라 때로 난감하다. 무슨 얘기를 하면 좋을까, 옆구리에 조그만 문신이 있고(그것도 오늘 처음 알았다. 오늘 아미는 개방적인 비키니 톱에 짧은 바지 차림이다), 유난히 솔직하고 거리낌 없는 여대생과.

갓난아기를 사이에 두고 마사나오는 아내 옆 의자에 앉아 코로나 맥주를 꿀꺽꿀꺽 들이켰다. 주문한 지 오래되어 이미 시원한 맛은 없었다. 새 맥주를 주문하려고 뒤돌아 동생을 찾았다. 대학생인 동생은 여름 동안 이 바닷가에서 일하고 있다. 시선이 마주쳐 맥주병을 들어 보이자 동생은 알았다는 표시로 한 손을 들었다. 마사나오는 동생의 손목에 감긴 가느다란 끈이 아미의 손목에 감긴 그것과 한 쌍이라는 것을 깨달았다. '커플'이란 단어가 떠올라 자기 일도 아니면서 괜히 쑥스러워졌다. 분홍색 끈. 설사 여자와 한 쌍이 아니더라도, 자신은 그런 걸 손목에 감을 배짱은 없다고 마사나오는 생각한다. 자신과 동생은 정말 닮지 않았다. 그러나, 그래서 더욱 사이좋게 지낼 수 있는지도 몰랐다. 마사나오와 동생은 아버지가 다른 형제다. 하지만 지금까지 한 번도 싸움다운 싸움을 해본 적이 없다. 아홉 살이나 터울이 나는 까닭도 있겠지만, 아버지가 아내가 데리고 온 아들인 마사나오와 친아들인 동생을 차별 없이 대해준 덕분이다. 마사나오는 그런 아버지에게 진심으로 감사하고 있다.

"모에는 괜찮아?"

동생이 그렇게 말하면서 코로나를 테이블에 올려놓았다.

"응, 새근새근 잘 자고 있어."

마사나오는 자랑스러운 기분으로 대답하고, 유모차 안을 들여다봤다. 언제 봐도 촉촉하게 젖은 입술을 반쯤 벌리고 두 손을 위로 올린 채 잠들어 있다.

"천사처럼 다루기가 쉬워."

우쭐한다는 것을 스스로도 느낄 수 있는 목소리로 마사나오가 말하자, 동생은 이상하다는 표정을 지었다.

"천사가…… 다루기 쉬운가?"

동생의 말에 마사나오는 순간적으로 말문이 막혔다. 천사처럼 청순하고, 게다가 다루기도 쉬워. 그런 설명이 생각났을 때, 동생은 이미 다른 손님에게 불려 간 후였다.

"아, 참. 카메라."

마사나오가 중얼거렸다. 조금 전 모래 언덕을 올라오면서, 이 아름다운 풍경을 꼭 사진으로 남겨야겠다고 생각했던 것이다.

"자, 두 사람, 이쪽을 봐요."

비탈을 뒤로하고 서서, 디지털카메라를 눈에 대자 아내와 아미는 순간적으로 명랑한 포즈를 취했다. 서로에게 몸을 딱 붙이고, 엄지손가락과 새끼손가락을 세웠다. 아내는 선글라스 낀 얼굴에 환한 미소를 머금고, 아미는 남자 모자처럼 보이는 밀짚모자 아래로 일부러 얼굴을 찡그렸다.

"한 장 더 찍을게."

둘은 금방 포즈를 바꾸었다. 아내는 선글라스를 벗고, 아미는 모자를 벗어 아내 머리에 올려놓았다. 그리고 둘 다 테이블에 턱을 괴었다. 그러고도 몇 장을 더 찍었다. 마사나오는 모든 사진에 딸이 잠들어 있는 유모차가 나오게끔 각도를 잡았다.

3

'머리가 좀 이상한 거야.'

남편과 나란히 슈퍼마켓 통로를 걸어가면서 단노 게이코는 생각했다. 안 그러면 그렇게 젊은 나이에 오락실이 있고 간호사가 상주하는 고령자용 아파트에 들어와 살 리가 없다.

"이거 살까?"

남편이 복숭아를 손에 들고 물었다. 게이코가 고개를 끄덕이자 나가노현산이라고 표시된 두 개들이 980엔짜리 복숭아를 카트에 담았다. 남편인 류지는 사고 싶은 게 있으면 우선 게이코에게 허락을 구한다. 세 살짜리 어린애처럼.

"이건?"

이번엔 오이 장아찌였다. 그다음은 푸딩. 그사이에 게이코는 보다 중요하고 꼭 필요한 것들을 골라 신속하게 카트에 담았다. 각종 채소와 계란과 우유, 고기와 화장지, 국물용 다시마를.

"이건?"

남편이 손에 든 비스킷을 보고 게이코는 그만 한숨을 쉬었다.

"또 그거예요? 히나코 씨는 아무것도 필요 없다고 했잖아요."

"그렇긴 한데…… 그래도 이건 언제 가져가도 좋아한다고, 그 사람."

류지는 더할 나위 없이 좋은 남편이고, 게이코가 진심으로 존경할 만한 남자다. 그런데 옆집 여자 일에 관한 한 분별력이 작동하지 않는 것 같다.

"'언제 가져가도'라니, 조금 전에 다녀왔잖아요. 다음에는 또 언제 갈 건데요?"

류지는 어깨를 으쓱했다.

"글쎄, 내일이든 모레든 다음 주든. 상하는 것도 아니잖아."

좋을 대로 하시죠, 라고 말하는 대신 게이코는 남편의 손에서 과자를 낚아채 카트에 담고 앞서 걸어갔다.

"어이, 이봐. 질투하는 거야?"

뒤에서 들리는 남편의 목소리에 게이코는 어이가 없어 돌아보지도 않고 말했다.

"기가 막혀서. 폐가 되지 않을까 생각했을 뿐이라고요. 남이 그렇게 불쑥불쑥 찾아가면."

그러고는 계산대 앞에 죽 늘어선 줄에 가서 서려다가 그만 앞사람에게 부딪치고 말았다. 대형 카트는 다루기가 힘들어 카트는 늘 남편이 민다. 오늘도 비스킷을 사기 전까지는 그가 밀고 있었다.

"어머, 미안해요."

사과했지만 앞사람은 대꾸도 하지 않았다.

"나는 갈 때마다 물어본다고. 폐가 되지 않겠냐고."

뒤따라온 남편이 주장했다.

"상황이 좋지 않을 때는 그녀도 그렇다고 대답하고 말이야. '지금은 좀……' 그렇게."

게이코는 그 말을 묵살했다. 이렇게 듣는 귀가 많은 곳에서 볼썽사나운 대화를 나누고 싶지 않았다.

"게다가, 폐라는 말을 하기 시작하면 그 아파트에서는 못 살아. 당신과 도쿠코 씨만 해도 말이야."

그렇게 말을 이어가는 데는 반론하지 않을 수 없었다.

"나하고 도쿠코 씨는 속속들이 다 아는 사이고, 강아지 때문에도 친하게 지낸다고요."

남편이 웃었다.

"그것도 그래, 도쿠코 씨의 남편은 귀찮아할지도 모르잖아."

게이코는 갑자기 불안해졌다.

'정말 그럴까?'

도쿠코는 5층에 사는 기시다 아무개(과거 꽤 잘나가는 성우였던 것 같다)의 아내이고, 게이코와 그녀는 서로의 집을 거의 매일 오가다시피 한다. 애견과 함께(게이코네 강아지는 프렌치 불도그, 도쿠코 씨네 강아지는 미니 슈나우저다). 기시다 부부는 아파트의 터줏대감이라 입주 후로 게이코나 류지나 친하게 지내고 있다. 여행도 두 번 같이 간 적이 있다.

"농담이야."

남편이 말했다. 동시에 게이코의 등에 열이 전해졌다. 류지의 손바닥 열이다.

"그 두 사람은 야스케라면 사족을 못 쓰니까, 얼굴 보여주러 데리고 가는 건 말하자면 위문이야."

위문. 그 말에 게이코는 피식 웃었다. 기시다 부부는 게이코 부부보다 나이가 많다. 칠십 대 후반이지 않을까 싶다. 그나마 젊은 자신들이 신경을 쓸 필요가 있다.

밖으로 나오니, 여름날의 저녁 하늘은 연푸르고 뭉게구름이 둥실둥실 떠다녔다.

"잠깐만요."

게이코가 출구 옆 꽃집 앞에서 걸음을 멈췄다. 밝은 색 달리아를 세 송이 샀다.

"아, 역시 여섯 송이를 사야겠네."

도쿠코에게도 나눠주기 위해서였다. 남편이 거보라는 듯이 헛기침을 하자 게이코도 남편의 주장을 인정했다. 그렇다. 자식들과 손주들에게 불편을 주지 않으려고 거금을 들여 입주한 이 아파트는 나름대로 쾌적하지만, 주민들끼리의 교류가 너무 활발해서(도서관에다 의무실 같은 공용 시설이 많은 데다 당구 경기와 '음악의 밤' 등 그렇잖아도 긴밀한 교류를 더욱 공고히 하려는 이벤트가 많다) 사교 능력이 문제시되는 것도 사실이다. 주민들 중에는 그런 행사에 절대 얼굴을 내밀지 않고 남들과 접촉하지 않으면서 조용히 사는 사람들도 있다. 하지만 그들은 '별난 사람들'로 간주된다. 옆집의 히나코처럼.

'하기야……'

주차장을 향해, 매미가 시끄럽게 울어대는 보도를 걸으면서 게이코는 생각했다.

'하기야, 그 여자는 그렇게 간주될 뿐만 아니라 실제로도 이상하지만.'

그런 일은 아무리 감추려 해도 감춰지지 않는다. 작년에 사망한 3층의 아리마 씨도 숨을 거두기 1년 전쯤부터 언동이 이상해졌다.

게이코 자신은 가본 적이 없지만, 남편 말에 따르면 옆집은 '몹시 살풍경'한 것 같다. 사는 사람의 취미나 개성을 알 수 있는 것은 피아노 한 대와 책 정도이고, 나머지는 아파트 팸플릿에 실려 있는 모델 룸 그대로라고 한다. '사람이 사는데 살지 않는 것 같은' 집이라고. 말하는 게 묘한 것은, 게이코도 경험이 있어 충분히 알고 있다.

'아마······.'

짐을 트렁크에 싣는 남편을 옆에서 지켜보면서 게이코는 생각했다.

'아마, 이 사람이 그녀의 집을 자주 찾아가는 것도 일종의 위문이겠지.'

그녀는 정말 끔찍하게 고독해 보였다. 입주한 지 1년이 넘었지만, 찾아오는 이도 거의 없고 자고 가는 손님은 한 번도 본 적이 없다. 이 아파트에는 게스트 룸이 있어, 가족이나 친척이 머물면 금방 알 수 있다. 게이코의 딸과 아들도 손주들을 데리고 놀러 왔다가 거기서 가끔 자고 간다.

주차장 모퉁이에 있는 카트 보관소에서 게이코는 얼굴을 찡그렸다.

"또 있네. 이런 거, 난 정말 화가 난다니까."

슈퍼마켓에는 두 종류의 카트가 있다. 상품을 직접 담는 대형 카트와 바구니를 올려놓고 사용하는 소형, 그 두 가지는 연결해서 정리할 수 없다. 그래서 소형은 점내 전용이고 주차장까지 가져갈 수 없게 되어 있다. 카트 하나하나에 '점내 전용'이라는 글자가 엄청 크게 쓰여 있는데, 주차장에 가면 반드시 그 소형 카트가 나와 있다. 한 대나 두 대, 경우에 따라서는 세 대. 게이코로서는 도무지 이해가 안 되는 일이다. 남편은 어깨를 으쓱했다. 내 잘못이 아니잖아. 그런 말이라도 하고 싶은 몸짓이다.

하지만 게이코는 화가 나서 견딜 수가 없다. 아니, 끔찍했다. 이렇게 엄청나게 큰 글자로 주의를 요청하고 있건만, 그 간단한 규칙조차 지키지 못하는 사람들이 세상에는 참 많다.

게이코는 몸을 푸르르 떨고는 남편 차의 조수석에 올라탔다. 안심할 수 있는 장소에.

4

'에리코 씨는 가무잡잡하다.'

해변의 집 카운터 자리에 앉아 두 다리를 덜렁거리면서 아미는 생각했다. 해거름. 파도가 꽤 높다. 철썩철썩 밀려오는 파도

소리가 가게에서 울리는 음악 소리보다 한결 또렷하게 들린다.

"그 사람, 마사나오 씨를 우습게 여긴다니까."

아미가 말했다.

"게다가, 자기가 대단한 미인인 줄 알고 있고."

"미인이잖아."

카운터 안쪽에서 마코토가 대답했다.

"그냥 그렇지 않아?"

중얼거리면서 아미는 손톱에 낀 모래를 파냈다. 특히 엄지손가락의 손톱에 모래가 자글자글하다. 그건 에리코와 둘이서 마사나오를 모래에 묻을 때 너무 열을 올린 증거다.

"싫어하는 거야?"

아미는 여전히 손톱을 쳐다보며 "싫어하는 건 아니지만" 하고 대답했다.

에리코와는 지금까지 몇 번이나 만났다. 그녀의 배가 한창 불렀을 때 같이 베이비 용품을 사러 간 적도 있다. 그녀는 언제 만나도 친절했지만, 아미는 그 친절이 거북스러웠다.

"자꾸 뭘 준다니까. 가족도 아닌 나한테, 학생 시절에 즐겨 했던 목걸이에 명품 핸드백 같은 것도."

해가 완전히 기운 모래사장에는 이제 파라솔도 비닐 시트도 없다.

"싫은 건 아니지만."

같은 말을 아미는 또 반복했다. 남자 친구의 형수를 나쁘게 말해서는 안 된다고 생각했기 때문이다.

"흐음."

마코토는 아미의 말을 흘려듣고는 "나는 살짝 싫은데" 하고 별 거리낌 없이 말했다. 아미가 고개를 들어 표정을 확인하자, 마코토는 싱긋 웃었다. 아미도 덩달아 미소를 머금었다.

"마사나오 씨는 좋은 사람이야."

아미의 말에 마코토는 "응" 하고 바로 대답했다.

아미와 마코토는 대학에 입학한 그날 만났다. 입학식이 거행되고 있는 강당에서. 똑같은 법학부에 똑같은 과, 가나가와에 사는 것도 똑같았다. 마코토를 본 아미의 첫인상은 '멋은 없지만 느낌이 좋은 남자'였고, 아미에 대한 마코토의 첫인상은 '진짜 귀여운 여자애'였다(그랬다고 나중에 들었다). 메일 주소 교환과 키스와 육체적인 교섭 모두를 4월 중에 잇달아 해결했다. 그 후로 아미가 믿는 한 서로에게만 충실하게 지내왔지만, 아미와 마코토는 대학에 흔히 있는 캠퍼스 커플 같은 커플은 절대 아니었다(이 점에 대해서 아미는 절대적인 자신감을 갖고 있다). 양쪽 다 친구도 많고, 아르바이트와 동아리 활동으로 분주하고, 피차 상대는 모르는 친구도 있었다. 물론 그런 친구들에 대해서도 애기는 하기 때문에 마코토 식으로 표현하자면 '살짝' 알고는 있지만 그 '살짝'은 어디까지나 '살짝'이었다. 그리고, 그런데도 서로가 서로를 가장 좋아하는 지금 상태가 아미는 자랑스럽고 뿌듯했다.

"안 마실 거야?"

카운터 위에 놓인, 얼음이 다 녹은 샹그리아를 눈짓으로 가리키면서 마코토가 물었다.

"배가 출렁거려서 못 마시겠어. 낮부터 계속 맥주다, 콜라다 그런 것만 마셔서."

해변은 이미 캄캄하다. 모래사장에 보이는 것은 느긋하게 걷는 커플과 강아지와 산책하는 동네 사람들, 그리고 연기 속에서 불꽃놀이를 하는 어린아이가 있는 가족들뿐이다.

"그럼 우리, 뭐 먹을까?"

"응, 먹을래."

해변의 집이 문을 닫는 10시 반까지는 아직도 시간이 한참 남았다. 마사나오 부부가 일찍 돌아간 덕분에, 아미는 바지런히 일하는 마코토를 마음껏 볼 수 있다. 철썩철썩 밀려오는 여유로운 파도 소리를 들으면서.

5

히나코의 집 창문으로는 도로와 도로 건너편 테니스 코트가 내려다보인다. 어느 기업 소유라는 그 테니스 코트는 나무가 울타리처럼 사방을 빙 두르고 있고, 휘황한 조명이 비쳐 밝다.

히나코는 지금은 밀크 티를 마시고 있지 않다. 밤에는 언제나 큰 잔으로 두세 잔씩 와인을 마신다. 오늘은 레드 와인을 마시고 있다. 히나코가 요즘 즐겨 마시는 것은 타닌 맛이 강하지 않고 색이 맑은 와인이다.

젊은 시절에는 중후한 와인을 좋아했다. 텁텁하고 달고, 흙냄새가 나는 짙은 색 와인을.

"그런 건 숨이 막힐 것 같아서 못 마시겠어. 요즘은 가벼운 와인이 좋더라."

마치 변명이 필요하다는 듯이, 히나코는 가공의 여동생에게 말했다.

"상관없잖아, 뭘 마시든."

가공의 여동생이 대답했다.

"언니, 옛날에는 술을 너무 많이 마셨어. 그대로 계속 마셨으면 알코올중독이 됐을걸."

어렸을 때, 아메코는 히나코를 '히나 짱'이라고 불렀다. 그러다 고등학교에 들어갈 무렵부터 '언니'라고 부르기 시작했다. 어른스럽다기보다 아줌마스럽게 울리는 그 말을 둘 다 재미있어하며 사용했는데, 어느 틈에 히나코는 정말 아줌마가 되고 말았다.

옆집 남자가 하라는 대로, 히나코는 와인과 함께 저녁으로 도시락을 먹고 있다. 조린 곤약과 단풍잎 모양 밀가루떡, 구운 삼치. 그러면서 낮에 남자 탓에 다 못 한 옛날 얘기를 가공의 여동생과 이어서 하고 있다.

"6번가 입구에, 장난감 가게가 있었잖아. 한 귀퉁이는 담배 가게였고."

히나코가 말했다.

"우리, 그 가게에 담배 심부름 자주 갔었는데."

자매의 아버지는 글을 쓰는 사람이었고, 골초였다. 집에서 일했기 때문에 담배가 떨어지면 두 딸 중 어느 한쪽을 불러 "임무를 수행할 수 있겠나?" 하고 물었다. 그리고 딸이 담배를 사서 돌아오면 "임무 완수, 수고했다" 하고 말했다.

"그랬지."

가공의 여동생이 대답했다.

"위임장 들고서."

"위임장! 맞아, 그랬지."

기억이 떠올라 히나코는 웃었다. 꼼꼼했던 아버지는 담배 가게 주인이 미성년자에게는 담배를 팔 수 없다고 할 때에 대비해, 심부름을 시킬 때마다 위임장을 써주었다. 거기에는 아이에게 심부름을 시킨 것은 자신이며 담배를 피우는 사람 또한 자신이라는 내용의 글이 쓰여 있었고, 주소와 이름 옆에는 손도장까지 찍혀 있었다.

"그 장난감 가게, 갑자기 다른 가게로 바뀌었잖아."

가공의 여동생이 말했다.

"인형이랑 기차랑 공깃돌이랑 태엽으로 움직이는 원숭이랑 게임 같은 거 팔았는데, 그런 것들 싹 없애고 이상한 거 파는 가게로 변했어."

히나코가 고개를 갸우뚱했다.

"이상한 게 뭔데?"

그렇게 묻고는 와인을 한 모금 마셨다.

"머그컵, 액자, 양말, 지갑, 우산, 손지갑 같은 거."

"그랬었나."

히나코가 중얼거리자, 가공의 여동생은 과장스럽게 놀랐다.

"에이, 기억 안 나? 언니가 거기서 해먹 사 왔었잖아."

히나코도 기억이 났다.

"아아, 해먹. 그래, 사 왔었지. 베란다에 걸어놨었어."

당시 살았던 집은 방들은 다 작은데 베란다만 유난히 넓었고, 엄마는 거기에다 식물을 잔뜩 키웠다.

"우리, 해먹에서 낮잠도 잘 잤잖아."

바람이 잘 통해서 기분이 좋았다.

"깔개 까는 거 깜박하면, 일어났을 때 온몸에 그물 무늬가 찍혀 있었고."

가공의 여동생은 그렇게 말하고는 깔깔 웃었다.

"그리고 해먹에서 책을 읽으면 언니는 꼭 속이 안 좋아졌어. '취했다'고 하면서 얼굴이 창백해지고."

"그건 네가 해먹을 흔들어서 그랬던 거지."

히나코는 말은 그렇게 했지만, 역시 웃고 말았다. 아주 먼 날들의 일이다.

"아메 짱."

히나코는 창가에 서 있는 가공의 여동생을 바라봤다. 과거 그녀가 즐겨 입었던 검은색 스웨터에 짙은 초록색 미니스커트 차림의 여동생은 가공의 존재라서, 여름인데 그렇게 입고도 더위하지 않는다.

"왜?"

가공의 여동생은 양 눈썹 끝을 치켜세우며 히나코를 쳐다봤다. 그렇게 하면 그녀 얼굴의 가장 큰 특징인 커다란 눈이 더욱

커진다.

"피아노 쳐줘."

십 대 시절, 아메코는 재즈 피아니스트가 되고 싶어 했다. 그래서 음대의 피아노과를 졸업했지만, 피아니스트가 아니라 모교의 음악 선생이 되었다. 그리고 취미로 밴드 활동을 했다.

"알았어."

두말 않고 그렇게 대답한 가공의 여동생은 피아노 앞에 앉아 뚜껑을 열었다. 가공의 소리가 조용히, 그리고 천천히 흐르기 시작한다. 점차 빨라지면서 소리도 풍성해져, 온 방이 소리로 가득해진다. 「칙 투 칙Cheek to Cheek」, 「허니서클 로즈Honeysuckle Rose」, 그리고 물론 조지 거슈윈도 몇 곡. 모두 자매가 레코드가 닳도록 듣고 또 피아노로 연습했던 곡이다.

히나코는 발로는 바닥을, 손으로는 테이블을 두드리면서 리듬을 탄다. 눈을 감고 몸을 흔들며 허밍을 한다. 히나코에게는 피아노가 아닌 악기의 소리도 들린다. 드럼과 베이스와 색소폰. 그러면 외국의 어느 술집에 있는 듯한 기분이 든다. 거기에는 많은 사람들이 있고, 다들 마시고 떠들고 웃고 있다. 찾으면 모두 찾을 수 있으리라. 아버지도 엄마도, 첫 남편과 두 번째 남편도. 떠나갔거나 히나코 쪽에서 떠나왔던 옛 연인들도, 여동생도.

"매실장아찌."

음악이 끝나 눈을 뜨니, 가공의 여동생이 히나코의 저녁상을 들여다보고 있다.

"언니, 아직도 매실장아찌 안 먹는구나."

플라스틱 뚜껑에 밥알이 붙은 채로 따로 놓여 있는 그것을 쳐다보며 가공의 여동생은 말했다.

"얘는, 아직도라니."

히나코가 웃었다.

"이 나이가 되도록 안 먹었는데, 평생 안 먹겠지. 먹기 싫은데, 뭐."

아메코는 히나코보다 훨씬 편식이 심했다. 토마토도 오이도 먹지 않았다. 요구르트와 푸딩, 리버 페이스트도. 자기는 그랬으면서 가공의 여동생은 미간을 찡그리고 엄마와 똑같은 말투로 "맛있는데" 하고 말했다.

2
아이들

1

9월 신학기. 나쓰키는 3학년이 되었다. 친구인 드류가 4학년으로 월반을 한 탓에 같은 교실에서 얘기할 수 없는 것은 아쉬웠지만, 그 점을 제외하면 나쓰키는 이 학교가 마음에 들었다. 처음에는 뭐가 뭔지 몰랐던 수업 내용도 프랑스어만 빼고는 거의 이해할 수 있다. 영어를 할 수 있게 된 데다 오늘처럼 수요일 오후와 토요일에 일본인 학교에 다니면서 보충 수업을 들은 덕이라고 생각한다. 일본인 학교의 선생님은 둘 다 정말 친절하고 나쓰키가 하고 싶어 하는 얘기를 잘 이해해준다. 엄마와 아빠에게도, 드류에게도 하지 못한 말을 고지마 선생님에게는 할 수 있다. 비밀을 지켜주기 때문이다(이건 상대가 어린아이일 경우 어른

<u>으로서 지키기 힘든 일이다).</u>

이제 이 학교에 다닐 수 없게 될지도 모른다고 생각하자 손가락이 근질근질하고 가슴은 울렁거리고 두 다리 사이가 싸해졌다. 이 나라에 처음 왔을 때처럼.

"슈나이더 선생님이, 이제 나쓰키에게는 보충 수업이 필요 없겠다고 하셨어."

엄마는 무척이나 기뻐하면서 그렇게 말했다.

"학교에서 아이들이랑 같이 하는 과외 활동도 이제 시작되잖아? 브라스 밴드도 있고, 필드하키도 있고. 그러니까 그런 활동에 참가하는 게 더 신 나기도 하고, 여러 가지 의미에서 도움이 되지 않겠느냐고 말이야."

슈나이더 선생님은 나쓰키가 다니는 초등학교의 여자 교장이다. 안경을 끼고 뚱뚱하고 목소리가 쩌렁쩌렁하다. 평상시에는 교장실에 있지만, 낮에는 꼭 카페테리아에서 학생들과 함께 점심을 먹는다.

"어때? 좋은 뉴스지?"

나쓰키는 엄마와 슈나이더 선생님에게는 미안하지만 "보충 수업, 필요해" 하고 대답했다.

일본인 학교는 오피스가의, 유리를 많이 사용한 고층 빌딩의 1층에 있다. 나쓰키의 집에서는 멀다. 초등학교와 달라서 스쿨

버스가 없기 때문에, 비가 오나 눈이 오나 전철과 버스를 갈아 타면서 나쓰키를 데려다주고 데려와야 하는 엄마로서는 힘겨운 일일 것이다.

아빠가 해외로 발령이 나면서 나쓰키 가족은 재작년에 이 나라에 왔다. 나쓰키는 그봄 일본에서 초등학교에 갓 입학했었다.

"좋은 곳이야. 세상에서 가장 살기 편한 도시라고들 한다고."

이사가 결정되자 그런 말을 들어야 했다.

"근처에 바다가 있어서, 신선한 해물도 먹을 수 있고."

그런 말도.

"친구도 금방 생길 거야."

그런 말도.

대부분, 옳은 말이었다고 나쓰키는 생각한다. 세상에서 가장 살기 편한지 어떤지는 모르겠지만, 무척 아름다운 곳이긴 하다. 집도 가게도 다 귀엽고 여기저기에 공원이 있고, 공원에는 다람쥐가 있다. 새빨간 작은 새도. 지금은 이름이 홍관조라는 것을 나쓰키도 알지만, 그 작은 새를 처음 보았을 때는 정말 눈을 의심했다. 토마토보다, 딸기보다 선명한 빨간색의 작은 새! 꼭 만들어놓은 새 같아서, 그 새가 진짜 살아 있고 날기도 하고 지저귀기도 하는 새라는 게 믿기지 않았다. 해산물이 맛있다는 건 정말이었고(나쓰키는 연어를 무척 좋아한다), 학교에는 드류 말고도 얘기할 수 있는 친구가 있다. 에리카와 킴벌리. 전체적으로 자신은 이곳에 잘 적응하고 있다고 나쓰키는 생각한다.

"순응하는 거야."

엄마는 입버릇처럼 그런 말을 자주 한다. 대개는 나쓰키에 대해 말할 때 사용한다. 그녀에게 그것은 아주 중요한 문제인 것이다. 그래서 나쓰키는 엄마에게는 꿈 얘기를 하지 않는다. 아빠에게도. 경험상, 그들이 서로에게 무슨 말이든 한다는 것을 나쓰키는 알고 있다.

그 꿈에는 나쓰키 외에는 아무도 나오지 않는다. 나쓰키는 혼자 거기에 있다. 일본에서 전에 살았던 집에. 현관으로 들어서면, 나쓰키는 심장이 터질 듯이 반갑다. 그런 기분으로 방을 하나하나 확인하면서 걷는다.

'아, 여기.'

그 꿈속에서, 나쓰키는 많은 것을 본다. 커튼과 벽과 부엌, 복도와 침대와 천장.

'아, 이거.'

모든 것이 또렷하게 보이고 그리움으로 가득한데, 눈을 뜨고 나면 하나도 기억나지 않는다. 커튼의 무늬도, 벽의 모습도, 부엌에 뭐가 있었는지도. 그래서 잠이 깬 후에는 한참이나 멍해지고 만다. 기억나지 않는 것이 안타까워서, 그리고 집이 가엾어서 슬퍼진다. 때로 나쓰키는 그런 꿈을 꾸지만, 꿈 얘기를 하면 엄마와 아빠는 딸이 일본에 돌아가고 싶어 하나 보다고 걱정할 것이다. 실제로는, 돌아가고 싶은 것은 아닌데.

"정말 멋진 꿈이네."

아무에게도 말하지 않는다는 약속을 받고서 나쓰키가 꿈 얘기를 하자, 고지마 선생님은 이야기에 취한 표정으로 말했다.

"떨어져 있어도 이어져 있는 거네, 나쓰키랑 그 집은."

나쓰키는, 그때껏 그렇게 생각한 적이 없었다.

"그런데, 잠에서 깰 때는 슬퍼요."

나쓰키가 그렇게 말하자 선생님은 잠시 말이 없다가 "그래, 알아"라고 중얼거렸다.

"알아. 슬프지, 그런 꿈에서 깨면."

그리고 선생님도 일본 꿈을 자주 꾼다고 가르쳐주었다. "비밀이지만" 하고 장난스럽게 미소 지으면서.

아빠에게도 엄마에게도 하지 못한 말을 어떻게 고지마 선생님에게는 할 수 있었는지, 그건 모른다. 하지만 선생님은 학생 모두에게 하고 싶은 얘기가 있으면 언제든 찾아와도 괜찮다고 했고, 영어를 거의 할 줄 몰랐던 나쓰키에게는 달리 얘기할 수 있는 사람이 없었다.

수업이 끝나는 벨이 울리자 나쓰키는 자신이 수업을 조금도 듣고 있지 않았다는 것을 깨닫는다. 선생님이 칠판에 쓴 것도 노트에 베끼지 않았다.

토요일. 아이들이 얌전히 앉아만 있는 교실에서 나와 나쓰키는 곧장 학부모 대기실로 향한다. 거기에는 마음대로 사용할 수 있는 컴퓨터가 세 대 있고, 일본어와 영어로 쓰인 책도 많이 있다. 또 아이들이 부모가 데리러 오기를 기다리는 동안 심심하지 않게, 도화지와 크레파스, 색종이와 나무 동물 세트 등도 준비되어 있다.

엄마는 벌써 와 있었다. 창문 앞에 서서, 다른 엄마와 둘이 무슨 얘기를 하고 있었다. 발치에 슈퍼마켓 '케이퍼스'의 비닐 주머니가 놓여 있는 걸 보니 시장을 보고 온 듯했다. 나쓰키가 다가가자, 여기는 아직 집이 아닌데 "어서 와" 하고는 나쓰키의 얼굴 여기저기를 쓰다듬었다. 마치 나쓰키의 얼굴이 몹시 더러워, 엄마 손으로 닦으면 깨끗해지기라도 하는 것처럼. 이건 엄마가 나쓰키에게 종종 하는 동작이지만 의미도 모를뿐더러 언제나 불쑥 그러기 때문에 당할 때마다 깜짝 놀란다. 우풋, 눈을 꼭 감고 숨을 삼켰다. 아주 짧은 시간이지만.

"두고 온 거 없어?"

나쓰키의 배낭(보라색 나일론 제품으로 바닥에만 부드러운 가죽이 덧대어져 있다)을 톡톡 두드리며 엄마가 물었다.

학교 입구에서는 초등학생을 담당하는 두 선생님이 서서 학생들 한 명, 한 명에게 말을 건네고 농담도 하며 웃고 있다.

나쓰키가 보충 수업을 그만두기 싫다고 했을 때, 엄마는 그럼 그 학교 선생님 의견도 들어보자고 했다. 그 학교 선생님이란 일본인 학교의 선생님이라는 뜻, 그러니까 저 두 사람이다. 나쓰키는 지나가면서 고지마 선생님의 얼굴을 빤히 보았다. 자신의 표정에서 무슨 신호를 읽을 수 있을지도 모른다고 생각한 것이다. 하지만 선생님은 평소와 조금도 다르지 않게 인사를 건네며 방긋 웃을 뿐이었다.

"잘 가, 나쓰키. 다음 주 수요일에 보자."

고지마 선생님은 몸집이 조그맣다. "저렇게 가냘픈 사람은 처음 보네" 하고 엄마는 말했었다. 스커트 밑으로 보이는 다리는 막대기 같고, 너무 큰 분홍색 플라스틱 슬리퍼를 신고 선 모습이 노인네 같기도 하고, 때로는 어린애처럼 보이기도 한다.

"선생님하고 벌써 의논했어?"

건물에서 빠져나와 엄마 손을 잡으면서 나쓰키는 물었다. 날씨는 화창한데 바람이 세게 불었다. 근처 건설 현장에서 철골과 철골이 부딪히는 묵직한 소리가 났다. 공기에는 바다 냄새가 섞여 있다.

"응, 했어."

엄마는 그렇게 대답하고는 기쁜 듯이 말을 이었다.

"선생님이 뭐라고 하셨는지 궁금하니?"

비닐 주머니에서 바스락바스락 소리가 났다. 나쓰키는 그다지 듣고 싶지 않았다. 엄마의 말투만으로도 짐작이 갔기 때문이다. 손가락이 근질근질하고 가슴은 울렁거리고, 두 다리 사이가 싸해졌다.

"나쓰키는 아무 문제 없을 거라고 하셨어. 고지마 선생님도, 다니구치 선생님도."

엄마가 잡은 손을 놓고서 나쓰키의 어깨를 껴안았다. 실망감이 번진다.

"엄마는 우리 나쓰키가 얼마나 자랑스러운지 몰라."

고지마 선생님은 알아줄 거라고 생각했다. 실망이었다. 나쓰키가 이 나라에 와서 처음으로 믿었던 사람이고, "우리는 친구야"라고 드류보다 먼저 말해줬던 사람이다. 게다가 고비토 얘기도 믿어줬다.

"우리, 축하하는 의미로 차 마시고 갈까?"

나쓰키는 고비토를 본 적이 있는데, 아빠도 엄마도 믿으려 하지 않았다.

2

    미용실은 도로 쪽 벽과 문이 전부 유리다. 널찍한 실내는 사방이 다 하얗다. 이 미용실에 오면 히나코는 왠지 늘 부끄러워진다. 전면이 유리이고 널찍하고 환하면 왜 부끄러워지는지는 자신도 알 수 없었다.

    "그러네."

    어디든 따라오는 — 아니, 돌아보면 늘 거기에 있는 — 가공의 여동생이 말했다.

    "사방이 너무 반짝거리고 깨끗하면 자신이 더럽다는 걸 알게 되니까, 그래서인가?"

    히나코는 충격을 받았다.

    '더럽다고?'

    소리는 내지 않고, 마음속으로만 되물었다. 그러고는, 대답을 기다리지 않은 채 웃고 말았다. 조심성 없는 말투가 여동생다워 그리웠기 때문이다.

    "무슨 재미난 일 있으세요?"

    젊은 미용사가 방긋방긋 웃으면서 마치 아이를 달래듯 물었다.

    "미안, 아무것도 아니에요."

히나코는 중얼중얼 사과했다. 미용사는 채소가 얼마나 상했는 지 살피듯 히나코의 머리칼 사이로 손가락을 집어넣고 물었다.

"색은, 지난번과 똑같이 하면 될까요?"

"네, 색도 스타일도 똑같게."

히나코의 머리는 짧다. 항상 아주 짧게 깎아달라고 부탁하기 때문이다.

"알겠어요."

미용사는 수건과 무릎 덮개와 케이프로 히나코를 차례차례 감싸기 시작했다.

"아차, 틀렸다."

가공의 여동생이 유독 단호한 말투로 선언했다.

"더럽다는 표현은 아니야. 언니가 더러운 것 같잖아."

그러고는 자신이 한 말에 스스로 웃었다. 히나코는 여동생이 잘 웃는 아이였다는 것을 떠올렸다. 그것은 얇은 입술과 마찬가 지로 어머니에게 물려받은 것이지만, 입술과 달리 히나코에게 는 유전되지 않았다. 어머니와 여동생은 뭐가 재미있다는 것인 지 히나코는 전혀 모를 일로 웃음보를 터뜨리곤 했다. 가령 스위 치를 켜는 순간 전구가 나갔다든지, 바람이 몹시 부는 날 펄럭거 리는 커튼 자락이 쌓아둔 책 위에 걸렸다든지 하는 일로. 그리고 한번 웃었다 하면 한참이나 그치지를 않았다. 히나코는 그저 어리벙벙하게 ― 그리고 조금은 부럽게 ― 두 사람을 바라보았다. 둘이 웃음을 멈추고 숨을 가다듬을 때까지. 그런 때는 아버지도 늘 난감한 표정을 지었다. 히나코처럼, 어째야 좋을지 모르겠다는 얼굴로.

"아, 웃기다."

웃음의 여운이 아직 가시지 않은 목소리로 가공의 여동생은 말을 이었다.

"더러운 게 아니라, 지쳤다고 할까, 닳았다고 할까, 새롭지 않다고 할까."

히나코는 그 말을 가슴속으로 음미한다. 새롭지 않다. 당연하다. 눈앞에 있는 거울에서, 그 말의 증거를 들이밀듯 지친 피부의 여자가 히나코를 응시하고 있다. 기분도 언짢아 보이고, 심술궂게도 보인다. 케이프 탓에 무슨 받침대 위에 얼굴만 달랑 얹혀 있는 것처럼 보인다.

"어쩔 수 없잖아."

가공의 여동생이 말했다.

'물론, 그렇지.'

히나코는 마음속으로 대답했다.

조금 떨어진 장소에 서 있어 온몸이 거울에 비치는 가공의 여동생은, 여전히 열일곱 살에서 서른 살 사이의 어딘가에 머문 어정정한 모습이다.

"이렇게 잠시 놔둘게요."

차갑고 냄새 나는 염색약을 다 칠한 다음 히나코의 머리를 랩으로 감싸고는 미용사가 말했다.

히나코가 머리를 아주 짧게 자르게 된 것은 최근의 일이다. 최근이라야 2년이나 조금 더 전부터다. 그때 일을 일부러 애매하게 기억하고 있는 거겠지, 하고 히나코는 생각한다. 이전과 이후. 그렇게 인식하고 있다. 아니, 그럴 수밖에 없었다.

병실에서 눈을 떴을 때의 풍경을 히나코는 기억하고 있다. 창문이 있는 밝고 조그만 방이었다. 의사가 있고 간호사가 있고, 그리고 남편이 있었다. 히나코는 남편이 왜 여기 있는지 알 수 없었다. 팔에서도 코에서도 튜브가 뻗어 나와 있었다. 자신이 정신을 잃을 정도로 술에 취해 쓰러졌고, 구급차에 실려 병원에 옮겨진 후 이틀 동안이나 의식이 돌아오지 않았다는 것을 알게 되었다. 하지만 그런데도 여전히, 히나코는 왜 남편이 여기 있는지 이해할 수 없었다. 그리고 아들들이 찾아왔다. 먼저 큰아들이, 밤이 되어서는 작은아들이. 믿을 수 없었다. 히나코는 가족을 버렸고, 몇 년 동안이나 만나지도 않았으니까.

퇴원하고 그들 집으로 돌아갔을 때, 히나코는 이미 이전의 히나코가 아니었다.

"언니, 언니, 언니."

가공의 여동생이 몇 번이나 불렀다.

"그만해, 기억하는 거. 그래봐야 슬퍼질 뿐이잖아. 언니도 잘 알고 있잖아?"

히나코는 알 수 없었다. 그렇지만 아마도 그럴 것이라고 생각했다. 가공의 여동생이 하는 말은 언제나 옳으니까.

씻고 자르고 말리는 과정이 다 끝나자 머리가 놀라우리만큼 가벼워졌다.

"어머, 멋지네. 상큼해졌는데."

가공의 여동생이 엄마 말투를 흉내 냈다. 지금의 헤어스타일(미용사의 표현대로라면 '베리 쇼트'한 스타일)은 히나코 말로는 진세버그 스타일이지만, 거울 속의 여자와 그 미국 여배우는 물론 조금도 닮지 않았다.

히나코는 역으로 가는 도중에 상점 거리의 채소 가게 앞에서 걸음을 멈추고 무화과 한 팩을 샀다. 히나코는 무화과를 좋아한다. 5백 엔짜리 동전을 하나 건네고, 10엔짜리 동전 세 개와 50엔짜리 동전 한 개를 거스름돈으로 받았다.

"히나는 멀건 맛을 좋아하더라."

웃는 듯도 하고 노래하는 듯도 하고 놀리는 듯도 한 어머니의 목소리가 귓가에 들려, 히나코는 어깨를 으쓱했다. 히나코가 좋아하는 무화과나 비파 같은 과일을 어머니는 별로 먹지 않았다.

"엄마는 좀 더 정신이 바짝 나는 맛이 좋은데."

정신이 바짝 나는 맛이 어떤 맛인지, 히나코는 짐작이 가지 않았다.

"그러고 보니……."

가공의 여동생이 말했다.

"엄마는, 자기를 계속 마마라고 했지. 우리가 그렇게 부르지 않게 된 후에도. 아빠를 부를 때도 줄곧 아빠라고 불렀고. 왜 그랬을까."

가공의 여동생은 깡충깡충 뛰듯이 걸었다. 에너지가 넘치는 것처럼.

"그런 거, 고쳐지지 않잖아."

깡충깡충 걷는데, 언제나 히나코보다 두세 걸음 뒤에 있다. 돌아보지 않으면 보이지 않는 위치에.

"버릇이 된다는 거니?"

"응, 버릇이 되나 봐."

가공의 여동생은 무언가를 생각하는 듯했다. 오늘은 후덥지근하다. 히나코는 손에 꼭 쥔 손수건으로 목덜미에 돋은 땀을 닦았다. 잃어버리지 않게 조심해야지, 하고 다짐한다. 외출을 하면 히나코는 손수건을 너무 쉽게 잃어버린다. 꼭 쥐고 있으면 안심이 되니까 꼭 쥐고 있는데, 그러다 꼭 쥐고 있다는 사실을 그만 잊어버리고 만다.

"떨어졌는데요."

그래서 낯선 사람에게 그런 말을 종종 듣는다.

"마음에 드는 버릇이었나."

가공의 여동생이 그렇게 말했을 때, 그녀가 무슨 말을 하는 건지 떠올리는 데 시간이 좀 걸렸다.

"엄마?"

"응, 엄마."

역에 도착한 히나코가 지갑에서 동전을 꺼냈다.

"글쎄, 어땠을까."

동전을 꺼내면서 말하자 "그러게" 하고 동생도 말했다. 알 길이 없다고 히나코는 생각한다. 자신도, 동생도.

"마음에 드는 버릇이었다면 좋겠다."

개찰구를 통과하면서 다시 한 번 말했다.

"그랬다면 좋겠어."

가공의 여동생은 대답하지 않았다. 히나코가 돌아보니 "언니, 교통카드 같은 거 없어?" 하고 또 과장스럽게 놀란 얼굴로 말하고는 어이없다는 표정을 지었다.

3

동생에게서 전화가 걸려왔을 때, 마사나오는 오늘 치고 온 골프의 전말을 아내에게 들려주고 있었다. 장소는 우즈미야였고, 상대는 대형 백화점의 바이어 세 명이었다. 젊은 사람이 많았고, 날씨도 좋았고, 접대 골프라고 해서 게임에 집중하지 않는 바보들도 없어서 기분 좋게 필드를 돌았다. 불타올랐던 투지에 비해서는 상태가 좋지 않아 나중에 보니 115타를 기록하고 말았지만, 마사나오에게 스포츠의 맛은 결과가 아니다.

"형? 나야."

동생이 말했다.

"내일 말인데."

순간적으로 떠올랐다.

'내일…… 그렇군, 그날이군.'

마사나오의 몸에서, 낮에 골프장에서 들이마셨던 청량한 공기도, 그린의 아름다움도, 구둣발로 밟았던 잔디와 흙의 감촉도 단박에 달아나고 말았다.

"역시, 안 되겠어?"

의도한 건 아니었지만 대답도 하기 전에 불쾌한 코웃음 소리가 나오고 말았다.

"너 참 집요하다."

마사나오는 그렇게 말하고 전화기 옆에 늘 놓여 있는 고무공을 집었다. 악력을 키우기 위한 공이다. 건강 용품을 좋아하는 아내가 사 온 것이니 어쩌면 여성용인지도 모르지만 상관없었다.

"미안해."

동생은 순순히 사과했다.

"그럼 됐어. 그냥 물어본 거니까. 뭐 하고 있었어? 형수하고 모에는 잘 있고?"

잘 있다고 대답했다.

"다행이네. 아버지 잠깐 바꿀게."

마사나오는 동요했다. 목소리에서 불쾌함을 지워야 한다. 하지만 마사나오는 기분을 싹 바꾸는 것에 서툴다.

"여보세요."

아버지의 평온하면서도 낭랑한 목소리가 들렸다.

"잘 있냐? 적극적으로 하고 있는 것 같더구나."

순간, 오늘 골프 얘기를 하는 줄 알았다. 하지만 그럴 리가 없었다.

"다무라 씨가 칭찬하더구나."

그제야 통신 판매 이야기라는 걸 알았다.

"네, 그렇죠, 뭐."

"일은 그렇다 치고, 애비는 모에를 벌써 일주일 동안이나 못 봤다."

마사나오는 미소를 머금었다.

"일주일? 벌써 그렇게 됐어요? 그럼 걷는 건 아직 못 보셨겠 군요?"

침묵이 내려앉았다. 마사나오는 금방 후회했다. 아버지를 놀 린 것을.

"농담입니다. 아직 걸을 리가 없죠. 얼마 전에 막 태어났는 데요."

아버지는 안도의 쓴웃음을 지었다.

"놀라게 하지 마라."

마사나오는 그 심정을 가슴이 아프도록 잘 안다. 자신의 심정 과 똑같기 때문이다. 갓난아기는 하루가 다르게 성장한다. 하루 는커녕 시시각각, 이론적으로 1초마다 변화하고, 그 1초는 두 번 다시 돌아오지 않는다. 다만 상실될 뿐이다. 그렇게 생각하면 미 칠 것 같았다. 어떤 1초도 놓치고 싶지 않았다. 그러나 아무리 쳐다보고 있어도, 그 순간의 모에를 멈추게 할 수는 없다. 쳐다 보는 순간 사라지고, 영원히 돌아오지 않는다.

딸을 데리고 조만간 꼭 놀러 가겠노라 약속하고 마사나오는 전화를 끊었다.

조금 전까지 옆에 있던 아내가 없었다. 침실로 들어가 보니, 그녀는 거기에서 품에 안은 딸과 하나의 그림이 되어 있었다.

"깼어?"

"응, 칭얼거려."

저녁의 침실은 어둡고, 아기의 달짝지근한 냄새(우유 냄새가 아니라 좀 더 인공적인, 베이비파우더나 유아 전용 세제의 코가 간질간질해지는 냄새)가 났다. 모에는 훌쩍훌쩍 가녀린 소리를 뜨문뜨문 내면서(사람이 우는 소리가 아니라 벌레 우는 소리 같다고 마사나오는 생각했다) 엄마 품에 안겨 있었다. 방의 불은 켜지 않았다. 아기를 자극하고 싶지 않았고, 불을 켜면 그 방의 무언가, 해 저물 녘의 평안함과 고요함, 아내와 딸이 하나로 보이는 그림, 그 조화가 훼손될 것 같아 두려웠다.

"도련님이 뭐래?"

에리코가 모에의 등을 천천히, 살며시 토닥거리면서 물었다.

"별거 아니야" 하고 마사나오는 짧게 대답했다.

"그보다, 아버지가 모에 보고 싶다고 야단이신데."

애써 가볍게 '웃겨죽겠다니까, 손녀바보야' 하는 암시를 풍기면서 말했다고 생각했는데, 에리코는 웃으면서 흘려듣는 대신 이렇게 말했다.

"그래? 그럼 지금 갈까? 저녁도 얻어먹게."

별일 아니라는 것처럼. 마사나오는 감동했다. 조금 전까지 아내는 부엌에서 저녁 준비를 하고 있었다. 아름답고 건강하고 당당하고, 집안일도 잘하고, 게다가 융통성까지 있는 아내. 그런 아내를 가진 남자가 이 세상에 몇 명이나 있을까. 마사나오는 자신의 행운이 지금까지도 믿기지 않는다. 동생인 마코토와 달리, 마사나오는 옛날부터 여자에게 인기 있는 타입이 아니었다. 그때껏 여자 친구라 할 수 있는 여자가 한 명도 없었던 것은 아니었다. 학생 시절의 한때, 아버지 회사에 갓 입사했을 때의 한 시기, 마사나오에게도 '사귀는 여자'가 있었다. 하지만 그건 그냥 쉬는 날 데이트를 하고 크리스마스에 선물을 주고받을 뿐인, 깊이 있는 사귐이 아니었다. 두 번 다. 사랑이 무엇인지 자신은 전혀 몰랐다는 것을 지금은 안다. 그런데, 그런 그의 인생에 이런 여자가 준비되어 있었던 것이다.

"차로 가면 금방이잖아."

가녀린 팔로 아기를 무겁다는 듯 들쳐 안으면서 그렇게 말해주는 에리코가.

다만 마사나오는 오늘 밤 친가를 찾아갈 마음이 없었다. 동생이 내일 어머니를 만나러 간다는, 하필이면 그런 날의 전날 밤에는.

"다음에 가도 돼."

"괜찮아?"

"그럼."

그렇게 단언한 마사나오는, 지금은 눈을 말똥말똥 뜨고서, 사람 우는 소리도 벌레 우는 소리도 아닌 기이한 소리를 내며 침을 흘리는 딸의 볼을 만졌다. 모에는 조그만 두 손을 움찔움찔 쳐들면서 온몸을 움직였다. 마치, 안긴 채 춤을 추고 있는 것처럼.

4

무화과나무에는 꽃이 피지 않는다고 한다. 정말로 그런지 히나코는 모른다.

저녁을 다 먹은 히나코는 가공의 여동생과 무화과를 먹는 중이다. 창문이 열려 있어, 건너편 테니스 코트에서 공을 주고받는 소리가 들렸다. 밤에도 테니스를 치는 사람이 있다니, 놀랄 일이라고 생각했다.

"에?"

가공의 여동생이 의심스럽다는 투로 입을 열었다.

"이상하잖아. 꽃이 피지 않는데 열매가 열린다는 건, 옛날에 과학 시간에 배운 것과 모순되잖아."

"그게 말이지, 이 안에 든 몽글몽글한 연붉은 부분이 꽃이래."

과거에 히나코는 그렇게 배웠다. 과학 시간이 아니라, 마지막 연인이었던 남자에게.

"에이."

가공의 여동생은 여전히 의심스럽다는 투다. "정말?" 하고 말꼬리를 올려 그 의심을 다시 한 번 표명한다. 히나코는 글쎄, 하고 대답하는 대신 어깨를 움츠렸다.

탕, 탕, 공을 치는 소리가 들려왔다.

"신기하네."

히나코는 그렇게 말하며 소리가 좀 더 잘 들리게 눈을 감았다.

"테니스는 볼 때는 상당히 격렬한 스포츠인 것 같은데, 이렇게 소리만 듣고 있으니까 참 한가로운 스포츠인 것 같아."

탕, 탕, 하는 소리가 한가로워, 자칫 졸음이 올 것 같았다.

대답이 없어, 히나코가 눈을 뜨자 가공의 여동생은 창밖으로 몸을 내밀고 있었다.

"한다, 한다! 보여, 보여!"

창틀을 잡고서, 윗몸을 밖으로 쑥 내밀고 한 발로 서 있었다. 짙은 초록색 미니스커트에 감싸인 잘록한 허리.

"얘는, 위험하잖아. 그렇게 몸을 쑥 내밀면."

"히나 짱도 이리 와봐. 얼른."

가공의 여동생은 어렸을 때 호칭으로 히나코를 불렀다. 히나코는 일어나 창가로 갔다.

　"언니도 해봐."

　한 걸음 뒤로 물러나 히나코에게 자리를 만들어주면서 가공의 여동생이 말했다.

　"안 되지, 그 정도로는. 더 멀리까지 얼굴을 쑥 내밀어야지."

　히나코는 동생이 하라는 대로 머리를 내밀었다. 낮에는 후덥지근하더니, 밤공기는 시원해서 기분이 좋았다. 길도 하늘도 나무들도 산도 어둠에 가라앉아 있는데, 테니스 코트만 거기서 빛이 나는 것처럼 환했다. 소리에 맞춰 오가는 공이 보였다.

　"목을 쭉 빼고 얼굴을 최대한 멀리까지 내밀어."

　가공의 여동생이 말했다.

　"그렇지, 그렇게. 그리고 공기의 냄새를 맡는 거야."

　히나코는 그 말을 따른다. 밤공기 냄새에 섞여서, 아련한 금목서 향이 느껴졌다. 어디서 부는 바람을 타고 오는지, 홀연히 사라졌다가는 또 느껴진다. 알고 보니 자신도 모르게 히나코도 한 발로 서 있었다.

　"우리, 이렇게 하고 비 냄새도 자주 맡았는데."

　뒤에서 가공의 여동생이 말하는 소리가 들렸다.

　"그래, 그랬지."

히나코는 그렇게 대답하고 실내로 돌아왔다. 히나코도, 여동생도 비 냄새를 좋아했다. 창문에서 멀어지면 멀어질수록 신선한 비 냄새를 맡을 수 있을 것 같아, 최대한 멀리까지 몸을 내밀었다.

"비에 푹 젖기도 하고."

가공의 여동생이 말했다.

"특히 코하고 눈."

젖어도 전혀 개의치 않았다. 오히려 기분이 좋았다. 빗발이 세면 셀수록, 자신들은 지켜지고 있다고 느꼈다. 몸을 안으로 들이밀기만 하면, 그곳은 지붕과 벽의 안쪽이니까.

"아빠에게 들키면 야단이 났었지."

"그랬지. 신 나게 혼났지."

창문으로 머리를 내밀고 일부러 비 냄새를 맡는 행동을 자매의 아버지는 도무지 이해할 수 없었던 것 같다. 아니면 이해는 하지만 내버려둘 수 없었는지도 모른다. "나……" 하거나 "야……" 하는, 미간을 찡그리고 딱 한 음절만 말하고는 다짜고짜 창문을 닫았다. 그러고는 화난 표정으로 "뭣들 하는 짓이야" 하거나 "공연한 짓을"이라고 했지만, 그 후에는 역시 난감한 표정을 지었다. 어떻게 하면 좋을지 모르겠다는 얼굴로.

"엄마의 반응은 전혀 달랐는데."

가공의 여동생은 먼 날의 일들을 잇달아 생각나게 한다.

"비에 젖은 생쥐 꼴을 한 우리를 보면, 깜짝 놀란 표정을 지었다가 금방 웃음을 터뜨렸지."

기억난다. 어머니는 재미있다는 듯이 웃었다. 딸들처럼 창밖으로 머리를 내민 일도 있었다. 내밀자마자 얼른 들이밀고서 "앗, 차가워. 너희들은 참 용타" 하고는 또 웃음을 터뜨렸다.

히나코는 기억을 차단하려 한다. 가공의 여동생에게 등을 보이고, 남은 무화과를 냉장고에 집어넣은 후에는 그릇을 싱크대로 가져가 씻었다.

"이제 안 놀 거야?"

가공의 여동생이 말했다.

"그런 건 아니지만."

테니스를 치는 소리가 어느 틈엔가 그쳤다. 히나코는 창문을 닫고 커튼을 쳤다. 오늘 가공의 여동생은 어리다. 열네 살이나 열다섯 살쯤으로 보인다.

"저…… 있잖아."

히나코가 말했다.

"내일 작은아들이 여기 올 거야."

그 생각을 하면 두려웠다. 작은아들은 법률을 공부하는 대학생이다. 그가 여기에 오는 건 세 번째이고, 내일은 거의 반년 만에 오는 것이다.

"아아, 그거."

가공의 여동생은 어깨를 으쓱하고서 말했다.

"알아. 그래서 히나 짱이 오늘 미용실에 다녀온 거잖아. 후줄근하게 보이지 않으려고. 게다가 셀러리에 다짐육에 이것저것 장도 봤고."

히나코는 어째서인지 부끄러워졌다. 해서는 안 되는 일을 한 것도 아닌데 부끄러움과 죄책감을 동시에 느꼈다.

"이것저것이랄 정도로 사지는 않았어."

히나코가 마치 변명하듯 말하자 가공의 여동생은 "하긴" 하고 두말 않고 인정했다.

'네게도 아이가 있니?'

히나코는 그렇게 물어보고 싶다. 가공의 여동생이 아니라 현실의 아메코에게. 만약 무사히 살아 있다면, 올해로 쉰 살이 되는 여동생에게.

5

"야스케 짱, 살이 너무 찐 거 아닌가 모르겠어."

기시다 도쿠코는 마루의 귀 청소를 하면서 남편 다이조에게 말했다. 다이조는 벽장문을 열어놓고서 옷을 고르느라 여념이 없다.

"프렌치 불도그는 살이 잘 찌는 견종이라고 듣기는 했지만, 그래도 그렇지."

하늘에 구름이 껴 있다. 일기예보를 들으니, 태풍이 다가오고 있는 듯했다.

"안 그래도 야스케 짱은 기관지가 약한데, 요즘은 걷기만 해도 숨소리가 쌕쌕거리는 게 얼마나 가여운지 몰라."

도쿠코의 무릎에 얼굴을 맡기고 마루는 꼼짝 않고 있다. 그 무게와 온기를 도쿠코는 행복한 기분으로 만끽했다.

"그렇지, 마루 짱."

사랑하는 개를 대할 때만 내는 목소리로 말하고는 늙은 마루의 머리에 살며시 손을 얹었다. 부드러운 털과 피부 아래 두개골의 감촉. 이 마르그리트는 두개골 모양이 좋은 개다. 도쿠코는 지금까지 열 마리 이상의 개를 키웠다. 젊을 적에는 여러 마리를 한꺼번에 키운 적도 있고, 유기견을 데려와 키우기도 했다. 하지만 두개골 모양은 마루가 최고다.

"아이구구구구."

조그맣게 소리를 지르면서 일어나, 쓰고 난 소독면과 면봉을 쓰레기통에 버렸다.

"게이코 씨에게도 그렇게 말은 했는데."

게이코는 야스케의 주인이고, 같은 아파트 2층에 사는 사람이다. 이사 오자마자 왜인지는 몰라도 도쿠코를 금방 따랐다. 다부진 여자인데, 개에 관한 일이라면 그저 쩔쩔매다 못해 응석을 다 받아주고 만다. 개는 처음 키우는 것이라고 했다. 진작부터 키우고 싶었는데 남편인 단노가 허락해주지 않았다고 한다(하지만 도쿠코가 보기에 지금의 단노는 게이코 씨 이상으로 개라면 쩔쩔맨다).

"비가 오려나?"

돌아보면서 다이조가 물었다.

"글쎄요. 일기예보에서는 저녁때부터 온다고 했는데."

여든 살치고는 아직도 기운이 펄펄한 다이조는 스스로 결정해 산속 — 이랄 정도는 아니지만, 줄곧 도심에서 살아온 도쿠코에게는 아무것도 없이 조용하고 외로운 산속 — 에 은거했다면서 시사회다, 차 모임이다, 친구가 부른다, 옛 동료의 문병을 간다 하고는 툭하면 요코하마와 도쿄로 외출한다.

"그럼, 하나 들고 가지, 뭐. 저녁때에는 돌아올 생각이지만."

"생각이고 뭐고, 5시부터 당구가 있잖아요?"

"앗."

다이조는 혀를 쏙 내밀고 한 손을 자기 머리에 올려놓았다. 마치 도쿠코가 마루의 두개골을 확인할 때 그러듯.

"단노 씨라……. 거 참, 어쩌나."

단노와 다이조는 마음이 잘 맞는지 — 혹은 단노가 다이조의 기분을 잘 맞춰주는지 — 둘은 간혹 술을 마시거나 노래를 부르러 시내에 가기도 하고, 아파트 당구 대회에 한 팀으로 출전하기도 한다.

"안쪽 당구대 맡아놓으라고 해서 맡아놨어요."

도쿠코가 말했다. 이 아파트의 오락실에는 당구대가 세 대 있다. 대개는 아무도 사용하지 않든지, 사용한다고 해야 한 대나 두 대여서 굳이 예약하는 사람은 없다. 남다른 부분에 꼼꼼하게 걱정이 많은 다이조 말고는.

"알았어, 알았어."

다이조는 그렇게 대답하고는 복도로 나갔다. 신발장을 여는 소리에 이어 콧노래를 흥얼거리는 소리가 들렸다. 좁은 현관 마루에 앉아 신고 나갈 구두를 닦고 있겠지. 도쿠코는 보지 않고도 안다.

3
사랑에 대해서

1

비가 내린다. 버스의 거대한 와이퍼가 움직일 때마다 쓰슥, 쓰슥 하는 소리가 난다. 마코토는 제일 앞 좌석에 앉아 창밖을 보고 있다. 도로도 주택도, 그 너머로 펼쳐지는 바다도 회색으로 뿌옇게 번져 있다. 신칸센을 타고 50분, 그다음 버스를 타고 20분만 가도 경치가 시골 같다.

어머니를 만나러 가는 길은 사실 마음이 무겁다. 젖은 우산과 눅눅한 옷, 게다가 경유 냄새까지 뒤섞여 버스 안이 쾨쾨하다. 어머니가 집을 나갔을 때, 마코토는 열두 살이었다. 아무런 예고도 암시도 없이(있었다고 해야 마코토는 감지하지 못했을 것이다), 정말 갑작스러운 일이었다. 결국 어머니에게는 남자가 있었던

것이다. 가족을 버리고 그 남자 품으로 달려갔는데, 당시의 마코
토에게는 그 사실이 알려지지 않아 그냥 '없어졌다'는 인식밖에
없었다. 그래도 주위 사람들이 수군덕거리는 말에서 부정의 냄
새를 맡지 못할 만큼 어리지는 않았다. 특히 할머니의 신랄한 말
투에서 엄마가 다시는 돌아오지 않을 거라는 것, 아니 돌아올 수
없다는 것을 분명하게 읽었던 것 같다. 엄마가 데리고 온 자식
이자 당시 이미 성인이었던 형 마사나오는 미친 듯이 화를 냈다.
물론 그 심정은 상상하고도 남지만, 마코토 자신은 그 모든 일을
마치 남의 일인 것처럼 느끼고 있었다.

'엄마가 나를 만나지 않고 어떻게 살아, 그럴 리가 없지.'

그렇게 확신했다. 집에 돌아올지 말지는 알 수 없지만, 자신은
만나러 올 것이고, 만나면 틀림없이 회의와 혼란을 싹 쓸어가 줄
설명, 앞뒤가 맞고 들으면 누구나 이해할 수 있고 납득할 수 있
는 설명을 해줄 거라고. 그러니까 자신은 그저 기다리기만 하면
된다고 생각했다. 그러나 그런 날은 끝내 오지 않았다.

청바지 주머니에서 휴대전화를 꺼냈다.

— 비가 오네. 벌써 일어났어? B.W에서 직접 만나는 것도 좋
지만, 오늘 아르바이트 없으니까 신칸센 시간 알려주면 역까지
마중 나갈게. 얼른 돌아와. 그리고 어머니에게 잘해드려. 아미.

오늘 아침 온 문자메시지를 다시 한 번 읽고서 그 김에 자신

이 '그래'라고 딱 한 마디로 보낸 문자도 다시 본다. 그리고 이거, 그거하고 비슷한데, 하고 생각했다. 치과에 가기 전의 기분. 가고 싶지 않은 장소인데, 거기서 무슨 일이 벌어질지는 알고 있다. 금방 끝나고, 끝나면 무사히 나올 수 있다는 것도, 가지 않느니 가는 편이 좋다는 것도.

버스에서 내려 비닐우산을 펼쳤다. 널찍한 길, 비스듬하게 경사진 길을 끝까지 올라가면 거기에 어머니가 사는 시설이 있다. 입구 옆에 놓인, 철제 벤치가 비에 젖어 있다. 로비에는 호텔 같은 프런트가 있고, 체크무늬 유니폼을 입은 안내원이 둘 있다. 사전에 전화로 연락을 하고 왔어도 방문록을 작성해야 하고, 그것을 끝내야 입주자의 가족임을 표시하는 분홍색 출입증을 받을 수 있다.

어머니의 방은 2층에 있다. 거기에 가는 동안 스쳐 지나는 사람들이 모두 가볍게 인사를 하는 것도, 호기심 어린 표정으로 이쪽을 힐금거리는 것도, 마코토 눈에는 그저 이상하기만 했다.

벨을 누르자 금방 문이 열렸다.

"어서 오너라."

7개월 만에 만나는 어머니가 웃는 얼굴로 말했다. 방 안에서는 밥 차 같은 냄새가 나고, 아주 낮고 빠른 피아노 곡이 흘렀다.

"이리 와서 앉아."

한쪽 벽 앞에는 커다란 찬장과 피아노가 있고 반대쪽 벽은 전체가 붙박이 책꽂이였다. 갈색 가죽 소파에 앉자, 공기가 새어 나가는 부드러운 소리가 났다. 이 방의 가구는 그런대로 중후하지만, 피아노 외에는 전부 원래부터 있었던 것이라 어머니의 취향이 엿보이지 않는다는 것을 마코토는 알고 있다. 입주 때, 함께(라기보다, 그냥 쳐다만 보고 있었지만)였기 때문이다.

"건강해 보이네요."

애써 가볍게, 마코토가 말했다.

"이거, 아버지가……."

가게의 종이봉투를 내밀었다. 하얀 바탕에 짙은 파란색으로 도장처럼 가게 이름이 찍힌, 마코토는 어렸을 때부터 수도 없이 봐온 낯익은 종이봉투다.

"어머, 오랜만이네. 모나카?"

"네."

모나카는 아버지가 삼대째 이어가고 있는 화과자 가게에서 옛날부터 팔았던 간판 상품이다.

"미트 소스 만들었어. 마코토, 좋아하지?"

어머니에게 건강해 보인다고 한 것은 인사치레가 아니라 진심이었다. 2년 반 전, 병원에서 다시 만났을 때의 어머니는 죽은 사람 같았다. 영양실조에 극도로 쇠약해진 데다 알코올중독 직

전이라고 들었다. 의식이 돌아온 후에도 표정 하나 없고, 목소리도 거의 나오지 않았다. 얼굴도 몸도 딱딱하게 쪼그라든 것처럼 보였고, 긴 머리는 더럽게 엉켜 있고 피부는 누렇게 떠 있었다. 마코토에게는 어머니가 집을 나갔을 때보다 돌아왔을 때(그걸 그렇게 부를 수 있다면)가 더 견디기 힘들었다. 믿을 수가 없었다. 한편, 어쩔 수 없으리만큼 화가 났다. 기억 속의 엄마, 쾌활하고 정이 깊고, 언제든 아빠를 웃게 하고, 어렸던 자신의 울음을 그치게 하는 예쁘고 부드러운 몸의, 옆에 있는 게 너무도 당연했던 사람은 이미 이 세상 어디에도 없다는 걸 알았다. 그런 사람은 애당초 존재하지 않았는지도 모른다.

"어떻게 지내? 대학은 재미있어?"

조그만 부엌에서 어머니가 물었다.

"아버지하고 할머니는 건강하시고?"

마코토는 소파에서 일어나 어슬렁어슬렁 부엌으로 갔다.

"형, 아이가 태어났어요."

휴대전화를 꺼내 조카 사진을 찾으면서 말했다. 어머니는 아무 대꾸도 하지 않았다.

"여기요, 이 사진. 모에라고 해요. 아버지가 예뻐서 어쩔 줄 몰라 해요."

어머니는 받아 든 휴대전화를 두 손으로 들고 빤히 쳐다보면

서 "그랬구나"라고만 중얼거렸다. 자신에게 손녀가 생겼다는 것
도 모르는 어머니가 가엾게 느껴졌다.

미트 소스를 끼얹은 스파게티와 오이 샐러드. 조그만 테이블
에 마주 앉아 점심을 먹었다.

"술 마실 줄 알지?"

어머니가 말하면서 레드 와인을 땄다.

"그래서, 너는 어떻게 지내는데? 얘기 좀 해봐."

그러나 무슨 얘기를 하면 좋을지 몰랐다.

"아주 까맣게 탔네."

"여름이니까요."

실제로는 벌써 가을인지도 모른다.

"대학에서는 어떤 공부를 하는데?"

"법학부니까, 법률."

"아, 치즈."

어머니가 일어서면서 말했다.

"사다 놨는데, 깜박했네."

네모난 강판과 치즈 덩어리를 건네받은 마코토가 치즈를 갈
았다. 치즈가 갑자기 툭 반으로 부러졌다. 힘을 너무 주면 안 된
다는 것을 알고는, 그 후에는 조심조심 갈았다. 창밖에서는 여전
히 비가 내렸다. 식사 전에 어머니가 한 번 시디를 바꿨지만, 이

번에도 역시 밝은 선율의 피아노 곡이다. 마코토에게는 첫 곡이나 별반 다르지 않게 들렸다.

"여자 친구는 있어?"

"없어요."

그렇게 대답한 건, 있다고 대답했다가 다음에는 데리고 오라고 하면 귀찮겠다고 순간적으로 판단했기 때문이다.

미트 소스는 진하고 맛이 좋았다. 어머니는 스파게티는 별로 먹지 않은 채 와인 잔만 계속 들고 있었다. 극단적으로 짧은 머리, 하얀 바탕에 같은 색 물방울무늬가 흩어져 있는 블라우스와, 짙은 갈색 스커트, 소매가 불룩한 블라우스. 엄마는 이것을 '초롱 소매'라고 불렀다. 마코토는 자신이 어렸을 때부터 어머니가 비슷한 스타일의 옷을 즐겨 입었다는 기억이 났다.

"피아노를, 쳐요?"

달리 할 말이 생각나지 않아, 마코토는 물었다.

"아주 가아끔."

그렇게 대답하고서 어머니가 미소 지었다. 나이를 먹었는데, 불안한 어린애처럼 보이는 미소였다.

"나는, 아메코 이모처럼 잘 치지는 못하니까."

아메코 이모. 마코토는 거의 무의식적으로, 처음부터 거기 있다는 걸 알았던 한 장의 사진으로 눈길을 돌렸다. 젊은, 아마 지금의 마코토와 거의 비슷할 나이의 자매가 찍혀 있다. 집에도 이 사진 액자가 늘 있었기 때문에 마코토에게도 낯익은 사진이다. 눈 풍경 속에 나란히 서서 활짝 웃고 있는 자매. 결혼이 일렀던 어머니의 처녀 시절 마지막 겨울. 이모는 아직 학생이었을 것이다. 둘이서 영국을 여행할 때 찍은 스냅 사진이라는 그것은 크기가 아주 작다. 작은 액자에 맞춰 자른 까닭인 듯했다.

"옛날에는 자주 쳤잖아요."

마코토가 말했다.

"저녁 먹고 나면 아빠가 신청한 곡을 매끄럽게."

집, 거실의 피아노 위에, 이 사진 액자가 있었다.

"그래, 옛날 일이네."

시선을 손 위로 떨어뜨린 채 어머니가 대답하면서 잔 속의 와인을 흔들었다

행방불명이라는 그 이모를 마코토는 한 번도 만난 적이 없다. 형인 마사나오는 어렸을 때 귀여움을 많이 받았던 것 같지만.

"남자 때문에 몸을 망치는 핏줄인 거겠지."

할머니는 그렇게 말했었다.

다 먹은 그릇을 싱크대로 갖다 놓으려 하자 "괜찮아" 하고 어머니가 말했다.

"그냥 놔둬."

"술, 얼마나 마셔요?"

그렇게 물은 것은, 어머니가 잔을 놓으려 하지 않았기 때문이다. 와인이 그리 많이 줄지는 않았지만 야윈 손으로 잔의 다리를 꼭 쥐고 있다.

"조금. 매일 조금씩."

"구급차다, 병원이다, 장난 아니라고요."

어머니의 말을 믿어도 좋을지 알 수 없어 그렇게 말했는데, 퉁명스러운 말투가 되고 말았다. 어머니가 고개를 갸우뚱했다.

"걱정 마. 그렇게 마실 체력, 이제는 없어."

마코토는 이해할 수 없는 일이었지만, 목소리에 그리움이 섞여 있는 듯한 느낌이 들었다. 생사가 걸렸던 그 사건이 좋은 추억일 리 없는데.

"너……."

어머니가 말했다.

"마코토는 고비토 본 적 있니?"

"네?"

초인종이 울려 그 이상한 질문에 대답하지 않아도 되었지만, 이 사람 괜찮은 건가, 마코토는 잠시 생각했다. 할머니는 어머니를 가리켜 '머리가 이상한 여자'라고 했다. 아버지는 그런 건 아니라고 했지만 ― 남남이 된 지금도 어머니에게 미련이 있는 걸까 — 마사나오는 인간으로서 최악이라고 했다. 마코토는 잘 모른다. 모르지만 딱 한 가지, 어머니에게 감사하는 일이 있다. 그것은 그녀가 사과하지 않는다는 것. 갑자기 집을 나간 일에 대해서도, 그런 모습으로 돌아온 것에 대해서도.

"누구예요?"

"옆집 사람."

어머니는 그렇게 대답하고는 방긋 웃었다.

"비스킷을 가져왔어. 지금 홍차 끓일게."

찬장을 열고 홍차 찻잔을 두 세트 꺼내면서 어머니가 말했다.

2

나갔나 싶었던 남편이 쫓겨 왔는지 금세 들어와서 텔레비전 앞에 앉았다.

"손님이 있었어."

"손님이라니? 가족?"

흥미로운 일이었다. 옆집 여자는 가족과 절연했다는 소문이 돌고 있다. 이 아파트에서 소문은 그야말로 들불처럼 번진다. 그 불길이 금방 다른 소문으로 옮겨 가기는 하지만, 그 후에도 어디

에선가는 집요하게 불씨가 타오른다.

"글쎄. 거기까지는 안 물어봤는데."

남편의 느긋한 대답이 게이코에게는 썩 시원찮았지만, 남편의
그런 성격, 외골수에다 난잡한 세상과는 거리를 두려는 성격이
야말로 자신이 매력을 느낀 면모라는 것을 잘 알고 있다. 안심할
수 있는 면이었다. 게이코 자신이 남들보다 세상일에 신경을 쓰
는 탓인지도 모른다. 소문, 악의, 무책임한 발언……. 세상은 정
말 끔찍하다.

"그럼, 장 보러 일찍 갈 수 있겠네?"

십자수 바늘을 쥔 손을 멈추고 묻자 남편은 "그러지, 뭐" 하고
대답했다. 원래는 남편이 옆집에서 돌아오면 저녁때 가기로 했
었다. 그저 식료품을 사러 가는 것이지만, 이 아파트로 이사 온
후로 일주일에 한 번씩 남편의 차를 타고 슈퍼마켓에 가는 것은
게이코에게 중요한 일과였다. 바깥바람을 쐰다는 것, 낯선 사람
들을 보는 것, 계절이 오고 가는 것을 느끼고 물건의 가치를 확
인하는 것, 자신이 아직은 사회의 일원이라는 것을 느끼는 것.

"잘됐다."

게이코는 바늘을 헝겊에 찌르고는 작업 중인 작품을 바구니
에 담았다. 조그만 집과 정원, 꽃이 핀 나무, 땅에 납작 널브러
진 강아지와 지붕 위에 고양이가 있는 디자인이다. 위쪽에는

'SWEET HOME'이라는 글자가 장식으로 들어간다. 광택이 있는 나무 액자에 끼워 결혼하는 조카에게 선물로 줄 계획이다. 자식들이 결혼할 때에도 똑같은 것을 선물했다. 남편인 류지가 건축가라서 이 무늬와 'SWEET HOME'이라는 말에는 젊은 사람들의 새 출발을 축하하는 마음과 남편의 직업에 대한 자부심, 말하자면 이중의 의미가 담겨 있다.

"그럼, 도쿠코 씨에게 전화해볼게요. 필요한 게 있는지."

사야 할 물품 목록은 이미 준비되어 있다. 일주일분이라 양이 꽤 된다. 이 아파트에는 멋진 식당이 있다. 사전 예약제지만, 예약하면 하루 세 끼를 식당에서 먹을 수 있다. 하지만 게이코는 그곳을 이용하는 것만은 절대 싫었다. 도쿠쿠네 부부는 자주 이용하면서 "영양 균형이 좋은 식단에 맛도 그런대로 괜찮다"라고 말하지만, 그러니까 결국 노인식이잖아, 하고 게이코는 생각한다. 집 안에는 작아도 부엌이 있고, 자신과 남편이 먹는 음식 정도는 아내로서 직접 관리하고 싶었다. 그러니 장을 봐 와야 하는 것이다.

"도쿠코 씨도 같이 간대요."

전화를 끊고서 게이코가 남편에게 말했다.

"바깥양반이 도쿄에 갔는데, 친척 집에서 묵고 오는 모양이야. 시간 많다고 같이 가겠대요."

"흐음, 그래."

남편의 반응은 시큰둥했다. 기시다와도 친하게 지내고 어제도 함께 당구를 쳤으니 동향을 좀 더 자세하게 파악하고 있어도 좋을 법한데. 게이코는 침실에 가서 화장대 앞에 앉아 화장을 고쳤다. 침대 위에서 야스케가 못마땅하다는 시선을 보냈다. 외출한다는 것을 눈치챈 것이다.

"괜찮아. 금방 돌아올 거니까. 밖에 지금 비 와, 그러니 얌전히 집 지키고 있어."

그렇게 말하자, 포기했다는 듯이 침대 커버에 얼굴을 묻었다.

기시다는 툭하면 집을 비운다. 게이코는 도쿠코가 그 점을 불만스러워하지 않는 것을 이상하게 여긴다.

"그 사람은, 그냥 내버려두는 수밖에 없어."

가칠하고 쉰 듯한 웃음소리와 함께, 도쿠코는 그렇게 말했다.

"지금은 나쁜 짓을 하고 싶어도 못 할 테니까."

과거 유명한 성우였다는 기시다는 젊은 시절 여자관계가 아주 화려했던 모양이다.

"얼마나 울었는지 몰라. 여기 기웃, 저기 기웃. 그런데도 나중에 보면 집에 딱 돌아와 있다니까."

게이코로서는 믿을 수 없는 일이었다. 부부 사이는 신뢰가 전부라고 생각했고, 그런 점에서 자신은 남편을 잘 선택했다고 생각한다.

빗발이 어느새 가늘어졌다. 슈퍼마켓은 사람들로 북적거리고, 바닥은 젖어 있었다. 메모를 손에 쥐고, 게이코는 식자재를 차례차례 카트에 담았다. 양상추, 양배추, 양파, 버섯 다섯 종류, 대파, 계란, 유부, 우유, 요구르트, 말린 조릿대 가자미와 정어리. 소고기 우둔살 덩어리는 7백 그램을 잘라달라고 하고, 찌개용 돼지고기는 팩에 든 것을 골랐다.

"이거, 괜찮은가?"

그동안 남편도 조심스럽게 물으면서 포도 한 송이와 정어리 통조림 그리고 어묵 튀김을 추가했다.

"와, 대단하다. 그 집은 정말 많이 사네."

놀란 듯이 그렇게 말하는 도쿠코도 "이참에 나도 무거운 걸 좀 사야겠네" 하면서 와인 반 박스와 미국산 강아지 사료를 골랐다. 조리가 필요한 식품은 하나도 사지 않는다. 남의 집 속생활은 참 알 수 없는 것이라고 게이코는 생각했다. 식당을 이용하지 않을 때, 기시다 부부는 과연 뭘 먹는 것일까.

도쿠코는 그래도 쇼핑을 즐기는 눈치였다. 사지도 않을 거면서 커피를 시음하기도 하고, 무슨 상자(나중에 '쿠스쿠스'라는 걸 알았다)를 손에 들고 점원에게 이건 어떻게 먹는 것이냐고 묻기도 했다. 게이코는 미소를 머금었다. 도쿠코에게는 여러 가지로 신세를 많이 지고 있다. 아파트 주민과 직원들 중에서 누구에게 특별히 신경 써야 하는지 가르쳐주었고, 집까지 왕진 오는 수의사를 소개받기도 했다.

비는 많이 그쳤지만, 그래도 부슬부슬 내리고 있다. 주차장까지 게이코는 남편이 아니라 도쿠코에게 우산을 받쳐주면서 걸었다. 그리고 숨을 삼켰다. 도쿠코가 밀고 있는 것이 점내 전용 카트였기 때문이다.

3

히나코는 루 리드Lou Reed로 시디를 바꿨다.

"오랜만이네, 이거."

아들이 와 있는 동안 모습을 드러내지 않던 가공의 여동생이 말했다.

"옛날에 언니, 이 곡만 계속 들었잖아. 덕분에 나도 다 외워버렸지. 제목은 모르겠지만, 후렴구는 부를 수 있어. 아, 그립다."

피아노 의자에서 일어난 여동생은 「Vicious」를 흥얼거리며 음악에 맞춰 허리를 흔들었다. 그리고 음악이 거의 끝날 때는 한 손을 높이 들어 보였다.

"언니, 이 사람 앨범 몇 장이나 갖고 있어? 6번가 레코드 가게에 자주 갔었잖아."

히나코도 기억하고 있다. 좁지만 좋은 레코드 가게였다. 루 리드 외에도 히나코는 거기에서 수많은 음악을 만났다. 엘피판은 가격이 비싸서 한 달에 한 장밖에 살 수 없었지만, 돈이 없을 때에도 뻔질나게 드나들었던 것은 레코드에 에워싸인 그 장소를 좋아했기 때문이다. 미지의 것들이 이렇게 많다는 생각을 하면 신이 났다.

"글쎄, 잘 모르겠네."

히나코가 대답했다.

"지금은 이거 한 장밖에 없어. 이것도 새로 산 시디야."

소장하고 있던 무수한 레코드는 어머니가 돌아가셨을 때 집과 함께 처분해버렸다. 동생이 남기고 간 잡다한 물건들도 함께.

"아, 이거."

가공의 여동생이 「Walk on the Wild Side」의 가사가 아니라 '두 두 두룹 뚜두룹' 하는 속삭임 같은 코러스 부분만 흉내 냈다.

히나코가 이 시디를 산 것은 남편과 아들들이 있는 집을 나와 가장 사랑하는(적어도 당시에는 그렇게 생각했다) 남자와 살기 시작한 무렵이었다. 선이 아름답고 정직한 남자였다. 천을 짜는 정열적인 남자이기도 했다.

'만약 그때 가정을 지켰다면······.'

생각해봐야 소용없는 일이니까 생각하지 말자고 마음먹었는데, 히나코는 그만 또 생각하고 만다. 그랬다면 인생은 달라졌을 테고, 아들과의 관계도 지금 같지는 않았으리라.

"그래도 마코토, 훌륭하게 컸더라. 잘된 일이잖아."

가공의 여동생이 말했다. 오늘은 하늘색 체크무늬 원피스를 입고 있다. 옛날에 어머니가 자매에게 똑같이 만들어 준 것이다.

"그래, 그건 그렇지."

히나코는 인정했다. 달리 무슨 말을 할 수 있을까.

"나, 손녀도 있어."

불현듯 생각나서 히나코가 말했다. 히나코에게 그것은 놀랍기도 하고 당황스럽기도 한 사실이었지만, 가공의 여동생은 감정의 동요 없이 대뜸 말했다.

"그런 것 같더라. 축하할 일이잖아. 자손 번영은 좋은 일이야."

히나코는 그릇을 싱크대로 가져가 씻었다. 가공의 여동생 말이 맞을 거라고 생각했다. 자손 번영은, 그저 단순히 좋은 일인 것이다.

"있지, 히나 짱, 이거 먹어도 돼?"

가공의 여동생이 종이봉투를 들어 올리며 물었다. 과거에 히나코가 '모카'라고 말하곤 했던 모나카가 든 종이봉투다.

"그럼. 먹어."

히나코가 대답하자 가공의 여동생은 좍좍 요란한 소리를 내며 포장지를 뜯어냈다.

"차 끓여줘."

히나코는 그 말을 따라 녹차를 끓였다. 오후 5시. 비는 그친 것 같다.

여동생(가공의 여동생이 아니라 현실의 아메코)이 없어진 것은 히나코가 재혼한 해 여름이었다. 히나코보다 남편이 안절부절못하고 경찰에 실종 신고를 했다. 그러고서도 사람을 찾아주는 전문 회사에 의뢰해 여동생의 행방을 찾아내려 했다. 히나코가 막지 않았다면, 실제로 그렇게 했을 것이다. 아내에게 여동생이 얼마나 소중한 존재인지 알고 있었고, 그 아내가 임신 8개월의 몸이었으니, 그로서는 최대한 보호할 필요가 있었으니까. 하지만 히나코는 그때 여동생이 어디 있는지 알고 있었다. 아내가 있는 남자와 함께 도망쳐 고베에 가 있었다. 얼마나 용의주도한 도주였는지, 이미 떠날 때부터 살 장소와 각자 할 일도 정해둔 뒤였다. 그 사실을 아는 사람은 히나코와 어머니뿐이었다. 여동생이 둘에게 단단히 입단속을 했지만, 진심으로 걱정하는 남편에게 거짓말을 할 수는 없었다. 그래서 얘기했다.

남편은 어처구니없어했다. 그런 일을 감행한 여동생에게도,

그것을 허락한 히나코와 ㄱ □에게도. 하지만, 그 아이를 어떻게
막을 수 있었을까. 한 남ㅈ 를 완벽하게 믿고 만 아메코를 막는
것이 과연 옳은 일이었 가. 그때, 아메코는 서른한 살이었다.
자신의 인생은 스스로 ㄱ 정할 수 있는 나이가 아니었던가.
　아메코와 남자는 한 안 고베에서 살았다. 하지만 남자가 불
쑥 처자식에게 돌아 고 말았다. 그리고 2년 후, 아메코가 정말
행방불명이 되었을 ㅐ, 남편도 경찰도 예전만큼 걱정해주지는
않았다.
　여동생이 고ㅂ ㅔ 살던 3년 동안 히나코는 한 번도 동생을 찾
아가지 않았ㄱ 여동생도 마찬가지였다. 연하장을 주고받고 1년
에 한두 번 화만 오갔을 뿐. 그뿐이었다. 히나코에게는 새로운
가족이 었고, 환영해주지만은 않았던 그 장소에 거부감을 느
끼 한편으로 순응하느라 벅찼다. 자신의 인생에 만약 후회할
일이 있다면, 그것은 그때 여동생과 소원해진 일이라고 히나코
는 생각한다.
　"맛있어?"
　선 채로 모나카를 먹고 있는 가공의 여동생에게 히나코가 물
었다. 가공의 여동생은 방긋 웃으며 고개를 끄덕이고는 엄지손
가락까지 세워 보였다. 그러고는 걸어 다니다 창문 앞에 서서,
입을 오물거리며 "오늘은 테니스 치는 사람이 없네" 하고 말했

다. "비가 오니까 그렇기도 하겠네"라고.

히나코는 현실의 여동생과 마지막으로 통화했을 때를 기억한다.

"이제 그만하고 돌아오지그러니."

히나코가 말하자, 여동생은 "나, 여기에서 그 사람이 돌아오는 걸 기다려야지"라고 대답했다.

오가와. 여동생과 함께 고베로 내려갔던 남자의 이름이다. 오가와 미쓰키. 여동생과 같은 밴드 베이스 주자로, 자그마한 몸집에 얼굴이 예쁘장하게 생긴 얌전한 남자였다. 고베에서는 바텐더로 일했다는데, 처자식에게 돌아간 후에는 어느 기업에 다시 취직했다고 한다. 그는 여동생이 실종된 후 히나코가 몇 번이나 연락을 하자 버럭 화를 내면서 아메코와의 일은 이제 과거일 뿐이라고 말했다. 아메코의 실종과 자신은 아무 관계가 없다고.

아직 6시도 안 되었는데, 바깥은 밤처럼 어둡다. 히나코는 낮에 마시다 남은 와인을 잔에 따랐다.

"히나 짱, 마사나오의 신부 어떤 사람이야?"

가공의 여동생이 물었다.

"글쎄."

한 번도 만난 적이 없었다.

"전에 마코토가 사진 보여줬는데, 예쁘게 생겼더라. 결혼식 때 사진이었으니까 실물보다 훨씬 더 아름다웠겠지만. 그래도 예쁜 사람이라고 생각해. 그런데 왜?"

히나코가 묻자 가공의 여동생은 어깨를 으쓱하고는 "그냥" 하고 말했다. 그리고 한참이나 말이 없다가 "우리, 그 아이에게 동요도 많이 불러줬는데" 하고 다시 말했다.

「갈매기 해병」, 「이 길」, 「대한소한」, 「이 마을 저 마을에 해가 기운다」…… 그런 노래들."

제목과 첫 소절을 뒤섞어 가공의 여동생이 말했다.

「저 아가씨는 누구」, 「달의 사막」도."

히나코도 덧붙였다. 마사나오는 몸이 약한 아이였다. 천식을 앓았고, 짜증도 심하게 부렸다. 아버지가 젊은 나이에 병으로 죽은 탓도 있어서, 과연 무사히 잘 자라줄지 나이를 한참 먹을 때까지 걱정이 컸다.

「귀여운 어물전 아저씨」, 「장난감 마치」, 「멍멍이 경찰 아저씨」."

가공의 여동생이 죽 늘어놓았다. 어렸던 마사나오를, 아메코는 무척이나 귀여워했다. "이모니까 어리광 받아줄 거야. 좋은 버릇 들이는 건 언니에게 맡길게"라고 말하면서.

「내 인형」, 「숲 속의 아기 염소」, 「삿짱」, 「바다, 거친 바다」."

불현듯 되살아나는 기억을 더는 견딜 수 없어 히나코는 "그만해" 하고 중얼거렸다. 눈을 감고, 가공의 여동생이 아닌 현실의,

지금 방을 가득 채우고 있는 소리에 의식을 집중하려 했다. 자신감에 차 있지만, 한편 왠지 모르게 토라진 듯 들리는 목소리. 히나코가 현실의 남자들을 만나기 전에 만났고, 온 귀와 온 마음을 다해 들었던 때의 목소리 그대로다. 그렇다, 물론 6번가의 레코드 가게에서 산 것이다. 십 대 중반이었고, 당시에는 세계와 음악이 미지의 것으로 눈앞에 있었다. 미지의, 하지만 확고하게 자기편인 것으로.

돌아보니, 가공의 여동생은 없었다. 받았을 때 그대로, 당연히 아무도 포장을 뜯지 않은 하얀 종이봉투가 소파 발치에 놓여 있었다.

4

'B.W'는 이세사키초에 있는 미국식 레스토랑으로, 전면 간판에 'SINCE 1985'라고 쓰여 있다. 그러니 아미가 태어나기 전부터 존재했던 꽤 오래된 가게일 것이다. 아미와 마코토는 이곳에서 자주 데이트를 한다. 역으로 마중 나갈까 물었지만 저녁때 걸려온 전화에서 마코토는 가게로 직접 갈 테니까 괜찮다고 했다. 그래서 아미는 지금 안쪽 테이블에 앉아 유리창 너머 밤거리를 바라보면서 마코토를 기다리는 중이다.

마코토가 오늘 엄마에게 면회 갔다는 걸 아미는 알고 있다. 그것이 마코토에게 유쾌하지 않은 일정이라는 것도. 아미는 마코토가 면회를 갈 의무는 없다고 생각한다. 하지만 정의감에 넘치고 마음씨도 고운 남자인 마코토는 마사나오처럼 모르는 척할 수가 없는 것이다. 그런 그가 한편으로는 가엾다고 아미는 생각한다. 얼마 전 철학 강의에서 배운 한 로마인의 말이 떠올랐다. '성격은 그 사람의 운명'이라는.

'내 역할은……'

레몬 슬라이스가 동동 떠 있는 콜라를 마시면서 아미는 생각했다.

'내 역할은, 그에게 이제 끝났다고 가르쳐주는 것이다. 잘했어, 이제 끝났어. 여기는 우리가 늘 오는 장소니까 안심해. 어서 와, 여기 내가 있잖아.'

만약 마코토가 원한다면, 가게에서 나간 후에 호텔에 가도 좋다. 몸과 마음을 다해서 이쪽 세상으로 데려오는 것이다. 마코토는 그럴 만한 가치가 있는 남자다. 뭐니 뭐니 해도 멋지다. 건강한 육체 안에 건강한 정신이 살아 있는 남자다.

"미안."

15분 늦게 나타난 마코토는, 그렇게 살짝 사과하고서 아미와 마주 앉았다.

"아까 도착했는데, 간나이에서 책방도 구경하면서 어슬렁거리다가 늦었어."

조그만 비닐 봉투를 테이블에 올려놓으며 마코토는 말했다. 별거 아니라는 듯이.

"뭐야?"

"아미가 갖고 싶어 했던 거. 약국에 있길래."

마코토는 그렇게 대답하고는 곧바로 점원을 불러 주문을 했다.

"콜라 하나 더 주세요. 그리고 메뉴도요."

그의 행동이 아미는 고마웠다. 그녀는 선물을 열어볼 때 누가 빤히 쳐다보는 것을 좋아하지 않는다. 봉투 안에 든 것은 네롤리 오일이었다. 네모진 깔끔한 병에 들어 있었다. 로션으로 쓰는 오일이지만 향이 좋아서 향수로도 사용할 수 있다(잡지에 그렇게 쓰여 있었다).

"와! 고마워."

아미는 그렇게 말한 뒤, 말만으로는 부족한 것 같아 병을 다시 담은 작은 봉투에 키스했다. 쪽, 하고 일부러 소리 내어. 사실은 선물이 아니라 마코토에게 키스하고 싶었지만, 사람들이 보는 앞에서 그럴 수 있을 만큼 되바라진 여자는 될 수 없다. 하지만 사랑은 넘친다. 선물을 받아서가 아니라, 아미가 그걸 갖고 싶어

했다는 걸 마코토가 기억하고 있어서.

"그래서? 면회는 어땠어?"

선물을 가방에 넣고 음식을 다 주문한 후에 아미가 물었다.

"엄마, 건강하셔?"

응, 하고 마코토는 대답했다.

"건강하다고 할 수 있겠지. 좀 오락가락하기는 하지만."

겹쳐 입은 티셔츠에 청바지 차림인 마코토의 손목에는 분홍
색 끈이 묶여 있다. 아미도 하고 있는 커플 팔찌다.

"건강하시다니, 다행이네."

아미는 말했다. 솔직히 말해서 그녀에게 건강 이상의 것을 바
랄 권리는 없을 것 같았다.

"그래도 마코토네 아빠, 참 착하시다. 이혼했는데도 여전히 뒤
를 보살피고 있잖아?"

"보살핀다고 해야 하나."

마코토가 주춤거렸다.

"그냥 버려둘 수도 없고, 이혼해주는 대신 거기 들어가기로 한
거 아닐까. ……16만 엔이었대."

"뭐가?"

"그 사람이 쓰러졌을 때, 은행에 남아 있는 돈이 16만 엔이
었대."

아미는 뭐라 할 말이 없었다. 딱한 여자라고 인정해야 할 것이다. 남자와 살기 위해 집을 뛰쳐나갔는데, 그 남자가 자살하고 말았으니.

"아르바이트 같은 걸 하기는 한 모양인데……."

화제를 바꿀 때라고 아미는 판단했다.

"신칸센, 사람 많았어?"

"아니, 비어 있었어."

"다음에 우리 신칸센 타고 어디 가자. 오사카나 교토도 좋고, 하카타도 좋고."

아미가 말했다.

"마코토랑 먹고 마시고 놀기만 하고 싶다. 그리고 다음 날 아침 일찍 일어나서 등산을 하는 거야."

등산은 요즘 들어 아미가 정말 해보고 싶은 것이다. 체력에는 자신이 있다. 마코토와 함께라면 더욱이. 게다가 아웃도어룩은 디자인이 귀엽다.

"먹고 마시고 놀다 등산, 어때?"

마코토가 웃었다.

"그건 좀 이상하잖아."

"이상해? 그렇구나. 난 좋은 생각 같은데."

얼음이 녹아 엷어진 콜라를 쪽 빨아올리면서 아미는 말했다.

이 가게의 조명은 갓이 오렌지색이라 밖에서 보면 유리창 너머로 따스한 빛이 넘친다. 그런 가게 안에, 자신과 마코토가 있다는 것이 기뻤다.

"등산을 하려면, 역시 후지 산에 가야 하지 않을까? 아니면 가루이자와나."

마코토는 그렇게 말했지만, 아미는 어디든 상관없다고 생각했다. 함께라면 어디든 좋다.

자신이 마코토와 언제까지 함께일지는 알 수 없지만 — 그런 걸 어떻게 알 수 있을까. 학생 시절의 연인과 그대로 결혼하는 사람이 얼마나 있을까. 그런 일에 관해서 자신은 현실주의자라고 생각한다 — 지금 여기 있는 사랑은 확실하다. 너무도 확실해서, 그렇다는 사실에 아미는 감동한다.

식사가 끝나고 이제 호텔로 가려나, 생각하고 있는데, "저 말이지……" 하고 마코토가 말했다.

"아미, 고비토 본 적 있어?"

5

목욕을 하고 나오니, 아내는 아직도 자지 않고 열심히 십자수를 놓고 있었다. 목욕한 후라 화장을 지운 얼굴이 크림으로 번들거렸다. 류지는 아내가 자기 전에 바르는 그 크림의 향을 좋아한다. 마음이 편안해지기 때문이다.

"안 잘 거야?"

야스케를 밀쳐내고 개의 체온으로 따스해진 침대 안으로 들어가면서 묻자 "조금만 더 하고요"라고 아내가 대답했다. 야스케가 기다렸다는 듯이 이불 속으로 파고 들어왔다. 류지는 자신이 강아지를 키우게 될 줄은 꿈에도 몰랐다. 절대 무리라고 생각했고, 아내에게도 처음부터 딱 잘라 금지시켰다.

"그런데 나, 정말 충격이었어요."

아내가 말했다.

"도쿠코 씨, 아주 딱 시치미를 떼더라니까."

또 그 얘기야, 하고 류지는 생각한다. 기시다 부인이 점내 전용 카트를 주차장까지 밀고 나갔다는 얘기는 저녁때도 들었다. 류지 생각으로는, 전혀 별일이 아니다.

"충격이랄 것까지 있나."

"어머, 난 충격이었다니까."

아내는 조금도 양보하지 않았다.

"그건 점내 전용이라고 가르쳐줬는데도, 큰 쪽은 너무 무거워서 밀기 힘들다면서 아주 태연할 태 자였다고요."

류지는 언제나 옆으로 누워 잔다. 그런데 오늘 밤은 왠지 잠자리가 불편해, 똑바로 누워보았다. 저녁때 먹은 로스트비프가 아직도 더부룩하게 배에 남아 있는 탓인지도 몰랐다.

"정말 이상했다고요."

아내는 여전히 그 얘기다.

"대체 어떤 사람들이 이렇게 간단한 규칙도 지키지 못할까 하고 말이에요. 그런데 도쿠코 씨였다니. 충격이죠, 충격."

그러더니 "애당초……"하고 계속 말을 잇는다. 류지는 허벅지에 기댄 야스케의 무게와 축 늘어진 피부의 감촉에 안정감을 느낀다. 안정감과 신뢰를. 개는, 적어도 이 개는 류지 편이다. 그것은 대수롭지 않은 일이 아니다. 일종의 구원이라고 느낀다.

"바깥양반이 그렇게 집을 비운다는 건……."

천천히 잠이 내려와 류지의 귀에는 아내 목소리가 자장가처럼 들렸다.

"……그러니까, 외로움이 사람을 그렇게 까칠하게 만드는 거라고 생각해요."

새근새근 잠든 야스케의 숨소리에 맞춰 류지도 잠으로 빨려들어갔다. 류지에게 일상은 그것만으로도 축복이며, 스스로도 그렇다는 것을 알고도 남을 만큼 잘 알고 있다.

4

고비토들

1

나쓰키는 고비토를 본 적이 있다. 처음은, 일본에서 다녔던 유치원 화장실에서였다. 벽 저 높은 곳에 조그만 창문이 나 있었다. 고비토는 그 창틀에 혼자 서 있었다. 나쓰키는 손을 씻고 있었고, 다른 아이들은 아무도 없었다. '고비토'란 말이 금방은 떠오르지 않아, 인간이라고 생각했던 것 같다. 너무 놀라 목소리도 나오지 않았지만.

몸길이 6, 7센티미터, 당시의 나쓰키 손바닥에 올려놓을 수 있을 만한 크기였다. 옷은 하나도 입지 않은 알몸이었고 털이 많았다. 기억나는 것은, 얼굴에 주름이 많았다는 점이다. 주름이 깊게 파인 남자의 얼굴이었다. 수도꼭지를 잠글 생각도 못 하고 나쓰키는 마냥 그 인간을 쳐다보았다. 신기하게도, 무섭지는 않았다. 깜짝 놀랐고, 그리고 흥미로워서 눈을 뗄 수가 없었다. 조그만 남자도 나쓰키를 보고 있었다. 그러니까 마주 쳐다본 것이다. 몇 초, 아니 몇십 초 동안. 핸들을 돌려서 여는 창문이 조금 열려 있었지만, 밖이 보일 정도는 아니었다. 구름 낀 날이었다. 화장실은 조용하고 어두컴컴하고, 수도꼭지에서 떨어지는 물소리만 울렸다. 하얀색과 회색과 크림색에 은색이 조금 섞인 화장실은, 유치원 안에서 나쓰키가 가장 마음에 들어 한 장소였다. 혼자가 될 수 있는 유일한 장소였고, 집의 세면대는 의자에 올라서야 거울이 보였지만 거기에서는 바닥에 서도 거울이 보였기 때문이다.

조그만 남자도 놀란 것 같았다. 게다가 뭔가 꺼리는 것 같기도 했다. 미안하다는 듯이 목을 움츠리고 있었다.

문이 열리고 다른 아이가 들어왔다. 나쓰키가 그쪽을 본 것은 아주 잠깐이었는데, 다시 돌아보니 창틀 위의 남자는 사라지고 없었다.

고비토. 그 조그만 인간에게 딱 맞는 말이 떠오른 것은 나중의 일이었다. 그때부터 유치원을 졸업할 때까지 나쓰키는 화장실에 갈 때마다 주위를 가만히 살피며 찾아보았지만, 고비토는 두 번 다시 만나지 못했다. 그래서, 만약 다른 장소에서 다른 고비토를 다시 한 번 만나지 않았더라면, 나쓰키는 그날 유치원 화장실에서 본 것에 대해 이렇게 자신할 수 없었을지도 모른다. 아주 어렸을 때였고, 그러니 잊어버렸을지도 모른다.

"이 사과, 정말 맛있다."

엄마가 말했다. 나쓰키는 지금, 부모님과 친구인 드류 그리고 드류의 엄마와 함께 공원에 와 있다. '스탠리 파크'라는 이름의 이 공원은 드넓고 숲과 해수욕장도 있다.

"여기 사과는 일본 사과만큼 크지도 달지도 않지만 향이 좋고 신선하네."

여름 동안, 나쓰키네 가족은 이 공원으로 몇 번이나 피크닉을 왔다. 하지만 올해는 오늘로 마지막이 될지도 모른다고 나쓰키는 생각한다. 오늘은 화창하게 날이 개었지만, 공기가 무척 차가워 가을이라기보다 겨울 같다. 모두 코트를 입은 채로 샌드위치를 먹었다. 드류의 엄마는 목에 목도리까지 두르고 있다.

"다람쥐가 아직도 있네."

나쓰키가 말했다.

"살아 있는 다람쥐가."

드류가 덧붙이며 장난기 어린 얼굴로 히죽 웃었다. 본격적인 겨울이 되면 다람쥐는 모습을 보이지 않는다. 하지만 죽은 다람쥐는 간혹 볼 수 있다. 묻어주고 싶어도 눈이 쌓여 있는 데다 안 그래도 땅이 딱딱하게 얼어 있어 묻어줄 수 없다. 작년에 나쓰키는 죽은 다람쥐를 볼 때마다 죽은 게 아니라고 생각하려 했다. 둥지 밖에서 동면을 하고 있을 뿐이라고.

"브라스는 어때? 재밌어?"

드류의 엄마가 물었다.

"예스!"

나쓰키는 기운차게 대답했다. 브라스란 초등학교의 과외 활동인 브라스 밴드를 말하는 것이다. 나쓰키는 거기에서 비브라폰을 연습하고 있다.

"토끼, 찾으러 갈래?"

드류의 말에 나쓰키는 "응" 하고 대답했다. 나쓰키도 드류도 동물을 좋아한다. 이 공원에는 토끼도 있고, 쉽게 만날 수는 없지만 너구리도 있다.

"너무 멀리 가면 안 돼, 얘들아."

뛰기 시작하자, 뒤에서 두 엄마가 외쳤다.

두 번째로 고비토를 본 곳은 할머니네 정원이었다. 여름이었고, 조금 전에 물을 뿌려서 정원의 흙이 거뭇거뭇하게 젖어 있었다. 어느 나무줄기 중간쯤에 움직이는 것이 있어서, 처음에는 매미인 줄 알았다. 그런데 인간의 얼굴을 하고 있었다. 인간의, 여자 얼굴을. 고비토다, 하고 그때는 금방 생각했다. 처음 봤을 때처럼 놀라지도 않았다. 왠지, 친숙한 것을 보고 있는 듯한 기분이 들었다. 알몸 여기저기에 흙이 묻어 있었다. 엉킨 머리는 길고, 그 탓에 더욱이 곤충처럼 보였지만 얼굴도 몸도 틀림없는 인간의 형태였다. 어른 여자처럼 봉긋한 젖가슴도 있었다.

고비토는 그야말로 곤충처럼 가볍게 나무를 탔다. 나무줄기에 눈에 보이지 않는 사다리라도 걸쳐 있나 싶을 정도여서, 바로 코앞에서 보고 있던 나쓰키는 감탄의 한숨을 쉬었다. 더운 날이었고, 사방에서 매미가 울고 있었다. 고비토는 나무줄기에서 잔가지가 갈라지는 부분에 앉아 정원을 내려다보았다. 정원과, 거기에 있는 나쓰키를. 얼굴도 몸도 까맣게 볕에 타 있었다. 그리고, 싱긋 웃고 있었다.

그날 밤, 잠들기 전에 나쓰키는 엄마에게 그 얘기를 했다.

"오늘 나, 정원에서 고비토 봤다."

어땠는지를 설명하자 엄마는 "좋겠네, 엄마도 보고 싶네" 하고 말했지만 믿지 않는 것이 분명해 보였다. 집에 돌아온 아빠에게도 얘기했지만 반응은 비슷했다. 믿어준 사람은 고지마 선생님뿐이었다. 웃지도 않고, 나쓰키의 상상력이나 표현력을 칭찬하지도 않았다. 그저 아주 심각한 표정으로 한참을 생각하더니 "우리 언니가 본 고비토랑 같은 고비토인지도 모르겠네" 하고 말했다. 선생님에게는 언니가 있는데, 일본에 사는 그 언니는 어렸을 때 딱 한 번 고비토를 본 적이 있다고 했다. 딱 한 번이었지만, 아주 많았고, 모두 알몸이었단다. 남자도 여자도 있고, 어른도 아이도 있었던 것 같다. 한 명씩 전부 다른 얼굴이었고 장소는 창고였다. 고비토들은 언니를 보자 "와" 하고 소리를 지르면서 흩어져 도망쳤다.

"언니는 그때, 자신이 걸리버가 된 기분이었다고 했어. 몸을 움직이면 밟을 것 같아서, 겁이 났대."

선생님은 언니가 아니라 자신의 기억을 얘기하는 것처럼, 그때를 그리워하는 투로 말했다.

"그 얘기 들었을 때, 선생님은 믿었어요?"

나쓰키가 묻자, 나이는 좀 먹었지만 그래도 귀여운 고지마 선생님은 깜짝 놀랐다는 듯이 눈을 동그랗게 뜨고서 두 팔을 활짝 벌린 채 대답했다.

"그럼, 물론이지."

어떻게 안 믿을 수가 있겠어, 하는 식으로.

바람이 차가웠다. 누렇게 바랜 잔디 위를 드류는 성큼성큼 걸어갔다. 파카와 청바지에 감싸인 뒷모습.

"어디까지 갈 건데?"

나쓰키가 물었다.

"너무 멀리까지 가면 엄마들이 걱정할 거야."

멈춰 서서 돌아본 드류는, "괜찮아. 이제 다 왔으니까" 하고 대답했다.

"봐, 저기 쓰러진 나무 있지? 저기까지 가면 토끼를 볼 수 있을 거야."

쓰러진 나무가 있는 곳은, 나쓰키도 알고 있었다. 숲 속이다. 토끼를 볼 수 있을지도 모르지만 멀다고 생각했다. 엄마가 불러도 절대 들리지 않을 거리였다.

드류는 두 손을 허리에 대고 기다리고 있었다. 가야 되는데, 하고 생각했지만 나쓰키는 발이 떨어지지 않았다. 겁쟁이처럼 보이고 싶지 않았다. 이번 학기에 4학년으로 월반한 드류는 처음 만났을 때, 그러니까 드류와 나쓰키 둘 다 1학년이었을 때부터 어른스러웠다. 자신의 일은 스스로 결정하는 태도가 자연스럽게 몸에 붙어 있어 — 그러니 영어도 제대로 못하는 외국인인 나쓰키에게도 과감하게 말을 걸었을 것이다 — 나쓰키는 그런 드류를 무척 좋아했다. 그래서 나쓰키는 마음을 정해야 하는데, 하고 초조하게 생각했다. 갈지, 말지 스스로 정해야 하는데.

"오케이."

드류가 그렇게 말하고는 웃으면서 두 손을 들었다. 항복이라는 뜻 같았다. 뛰어와 나쓰키의 어깨에 팔을 두르며 "알았어. 돌아가서 프리스비 하고 놀자. 그럼 되지?" 하고 얼굴 바로 옆에서 속삭였다. 드류의 숨에서, 무설탕 시나몬 껌 냄새가 났다.

"응, 좋아."

나쓰키는 대답했지만, 알고 있었다. 드류가 나쓰키를 위해 그렇게 정했다는 것을. 나쓰키가 정하지 못하고 있는 사이에.

아이들끼리 어깨동무를 하는 것은, 나쓰키가 이 나라에 와서 처음 경험하는 문화였다. 아직도 익숙하지 않고(키가 작은 나쓰키는 누가 어깨에 팔을 둘러도 상대의 어깨에 팔이 닿지 않는다. 허리에 팔을 두르는 것이 고작인데 그러다가 상대의 무게 때문에 휘청거리고 만다) 잘하지도 못하지만 싫어하지는 않는다. 그래서 오늘도 그 자세로 걸었다. 이쪽저쪽으로 휘청거리면서, 둘이서 키들키들 웃으면서.

2

올 11월에는 비가 많이 내린다. 태풍의 계절은 지났는데 날씨가 쌀쌀해지면서 구름 낀 날이 잦아, 이내 추적추적 내리기 시작한다. 내렸다가는 그치고 또 내렸다가는 그치곤 하는데, 그쳐도 활짝 개지는 않는다.

"왜 이렇게 어깨가 결리는지 모르겠네."

히나코가 가공의 여동생에게 말했다.

"별다른 노동을 하는 것도 아닌데, 이상하네."

가공의 여동생은 생각에 잠긴 심각한 표정으로 말했다.

"스트레칭을 좀 해, 스트레칭."

그러고는 말만으로는 충분하지 않다 여겼는지 "이렇게 해봐, 이렇게" 하면서 시범을 보였다. 무릎에 두 손을 대고, 모래판에 오른 스모 선수가 다리를 벌리고 올렸다 내렸다 하는 것처럼 두 다리를 벌리고, 한쪽 다리를 구부리면서 동시에 손을 떼고 엉덩이를 낮추면서 다른 쪽 다리를 쭉 펴 보였다. 하나, 둘, 셋, 하고 구령을 붙이면서, 이번에는 반대쪽 다리를 구부렸다. 하나, 둘, 셋.

"간단하지?"

일어서서 발목을 앞뒤로 움직여 아킬레스건을 펴면서 가공의 여동생은 말했다.

"언니도 해봐."

과연 간단해 보였고, 가공의 여동생이 아주 진지한 표정으로 시범을 보여줬기 때문에 히나코도 한번 해보았다. 무릎에 손을 대고, 다리를 옆으로 벌린 상태에서 한쪽 다리를 구부리며 손을 떼고 엉덩이를 낮추었다. 하나, 둘, 셋.

"그렇지, 그렇지, 잘하네."

동생의 부추김에 반대쪽도 시도했지만, 결리는 어깨에는 그리 효과가 있을 것 같지 않았다. 그래서 그렇게 말하자, 가공의 여동생은 잠시 침묵하더니 "그러네. 그게 목적이라는 걸 깜박했어" 하고 중얼거리고는 웃기 시작했다. 그리고 재미있어하는 웃음소리 사이로 또 이렇게 말했다.

"그래도 괜찮아. 이것도 몸에 좋은 운동이니까."

현실의 아메코도 몸을 움직이는 걸 좋아했다. 그 생각에 히나코는 미소 지었다. 운동신경이 그렇게 좋은 건 아니었는데, 수영이든 스키든, 테니스든 스케이트든 가자면 가자는 대로 다 따라갔다. 운동이라고 이름 붙인 모든 것을 두려워했던 히나코와 달리, 귀찮아하지도 무서워하지도 않고.

"어땠어?"

돌아온 아메코에게 물으면, 흥분한 기색 하나 없는 표정으로 재밌었다는 대답이 돌아오곤 했다.

"재밌었어."

그렇게 말할 때의 여동생 목소리와 말투를, 히나코는 마치 그때처럼 떠올릴 수 있다.

'어땠어?'

언젠가, 만약 언젠가 현실의 아메코를 만날 수 있다면, 그렇게 물어보고 싶다.

'너의 인생은 어땠어?'

"자, 그럼 이번에는 이렇게 해봐."

바닥에 앉아 다리를 옆으로 벌린 채 윗몸을 앞으로 구부리면서 가공의 여동생이 말했다. 가공의 몸이어서일까, 여동생의 몸은 거짓말같이 유연하다. 얼굴은 물론 가슴, 배까지 바닥에 딱 닿는다. 산 육체를 지닌 히나코는, 두 손이 발가락에 닿을까 말까 한다.

"밀어줄게."

말이 떨어지자마자 가공의 여동생은 히나코 뒤로 돌아가 히나코의 등에 몸무게를 실으면서 밀기 시작했다.

"그만해, 그만. 더는 무리야."

히나코는 신음하는데, 가공의 여동생은 그만두지 않았다.

"벌써? 아직 좀 더 숙일 수 있잖아. 조금만 더."

그러면서 히나코의 등을 몸으로 거의 덮었다.

"무거워, 아메 짱, 무겁다고."

히나코는 킥킥 웃고 만다. 견갑골 언저리에 가공의 여동생의 손바닥이 느껴졌다. 조그맣고 차갑고, 아주 얇은 손바닥. 이렇게 시간이 많이 흘렀는데도, 그녀의 손이 어땠는지를 기억하는 자신에게 히나코는 문득 서글픔을 느낀다.

"어렸을 때, 쌓여 있는 이불에 쓰러지면서 놀았지, 우리."

가공의 여동생이 말했다.

"우리, 그 놀이를 '흐물흐물'이라고 했지."

"맞아, 그랬어."

여전히 앞으로 몸을 구부리려 애쓰면서 히나코는 대답했다. 어떤 놀이였을까. 쌓인 이불에 쓰러지고, 그다음에는 뭘 했는지 잘 기억나지 않는다.

"기억 안 나?"

가공의 여동생은 속상하다는 듯이 말했다.

"얘기도 하고, 손과 발의 모양을 비교하기도 하고, 이야기를 만들어내기도 하고, 그러다 잠이 드는 일도 있었지만, 잠들지 않을 때는 다시 일어나서 이불을 쌓아 올리고 또 쓰러지면서 놀았잖아."

'그랬었나.'

"엄마도 '너희들 또 흐물흐물 하니?' 하면서 웃었고."

히나코도 그건 기억하고 있다. 하기야 그녀는 딸 둘이서 뭔가 하고 있으면 그게 뭐가 됐든 웃었지만.

"재밌었는데."

가공의 여동생이 말했다.

"그래, 재밌었지."

히나코도 동의했다. 그 시절에는 얼마든지 놀 수 있었다. 함께 있으면 모든 것이 놀이가 되었다.

옆집 남자가 찾아왔을 때, 히나코는 여전히 가공의 여동생과 어렸을 때 얘기를 하면서 스트레칭을 하고 있었다.

"이런, 손님이 또 계신 건가."

문을 연 히나코에게, 남자가 입을 열자마자 그렇게 말했다. 히나코는 자신의 모습이 어딘가 모르게 평소와 달라서인가, 가령 표정이 풀려 있든지 볼이 발그레하든지, 숨을 헉헉거리고 있거나 매무새가 흐트러져 있어서인가, 생각했다.

"아니에요. 잠시 체조를 하고 있었어요."

대답하고서 한 걸음 옆으로 비키자, 남자는 안으로 들어왔다.

"체조? 웬일로 체조를 다."

남자는 미소 지으면서 말하고는, "이거" 하면서 분홍색 종이를 내밀었다.

"다음 달입니다. 괜찮으면 같이 가도 좋지 않을까 싶어서."

같은 종이가 입구 로비에도 붙어 있어서 히나코도 이미 보았다. '음악의 밤, 12월 10일 오후 7시'라고 적혀 있었다. 입장료는 1인당 5천 엔이고, 와인이나 커피와 과자 세트가 제공된다고 했다.

"레퍼토리는 슈베르트랍니다. '네 개의 손가락을 위한 피아노 작품집'. 피아노 두 대를 일부러 옮겨 오는 모양이에요."

"어머나."

히나코는 그렇게 말했지만, 놀란 것도 감탄한 것도 아니었다. 달리 무슨 말을 하면 좋을지 몰라 그렇게 반응했을 뿐이다. 남자는 오늘도 단정한 옷차림(반듯하게 다림질한 셔츠, 부드러워 보이는 스웨터, 역시 다림질을 꼼꼼히 해서 라인이 가지런한 코듀로이 바지)을 한, 점잖고 편안한 모습이었다. 남자의 아내는, 적어도 남편의 복장에 관한 한 철저한 주부인가 보다고 히나코는 생각했다.

"차 드실래요? 아니면 술이 좋으시려나."

히나코가 묻자 남자는 "차를 마시죠" 하고 대답했다.

"히나코 씨는, 술이 좋으면 술을 드세요."

방이 어둡다는 것을 그제야 알고 히나코가 불을 켰다. 이 남자의 방문을, 어쩌면 자신이 환영하고 있는지도 모르겠다고 문득 생각했다.

"비가 참 줄기차게 옵니다."

남자의 목소리는 가공이 아니라 현실이고, 잘 모르는 사람이기도 하고, 또 그래서 신선하고 재미나게 느껴진다.

"무슨 새로운 소식 있어요?"

남자를 위해 홍차를 끓이고, 자기 잔에는 화이트 와인을 따르면서 히나코가 물었다.

"새로운 소식이요?"

"네. 사모님은 만나면 늘 새 소식을 알려주시거든요. 조카분이 결혼을 하셨다든지, 이 동네에서 방화 사건이 있었다든지."

"아아."

남자가 미소를 지었다.

"아내는 뉴스 보따리니까요. 성격이 뭐랄까, 세심합니다. 그러니 이런저런 소문에 관심이 많죠."

남자의 말투에서 아내에 대한 애정이 느껴졌다. 히나코는 단노 부인을 예의 바르지만 인간미는 없는 여자(한마디 더 하자면, 다소 독선적인 여자)라고 평가하지만.

"부럽네요, 부부 금실이 좋아서."

의례적으로 그렇게 말했을 때, 가공의 여동생이 얼굴을 찡그리는 것이 보였다. 가공의 여동생은 남자 바로 옆에 서 있다가 창가로 가서 밖을 내다보고는 다시 돌아왔다.

"히나코 씨는 도쿄에서 태어났죠?"

남자가 말했다.

"네."

"결혼할 때까지 줄곧 도쿄에서 사신 거죠? 부모님 그리고 여동생과 넷이서."

"또 시작이네. 이 사람은 왜 늘 이렇게 캐고 드는 거야?"

가공의 여동생이 속삭거렸다.

"죄송합니다."

남자가 갑자기 사과를 해서, 남자에게도 가공의 여동생의 말이 들렸나 싶어 움찔했다. 하지만 그게 아니라 히나코 자신의 당황스러워하는 표정 때문인 듯했다.

"코로 짱 행세를 할 생각은 아니었는데."

남자가 말하고는 "이거 참" 하고 중얼거렸다.

"코로 짱?"

"형사 콜롬보 말입니다. 맞죠?"

기억이 나서, 히나코는 웃었다.

"네, 맞아요. 그랬죠. 잘 기억하시네요, 그런 걸."

금방 눈치채지 못한 것이 안타까웠다. 히나코에게는 소중한 기억 중의 하나인데. 그런데 가족이 아닌 사람이 말하니 그 말이 전혀 다르게 들렸다.

"솔직하게 묻겠는데요."

남자가 소파에 앉은 채 등을 쫙 폈다.

"네, 뭔데요?"

히나코가 방심하고 있었다. 뭘 묻든 대답하고 싶지 않으면 대답하지 않으면 될 일인데. 질문 자체가 폭력이 될 수도 있다는 생각은 해본 적이 없었다.

"동생을 찾아보겠다고 생각한 적 없습니까?"

남자의 말은 순식간에 히나코를 산산이 부서뜨렸다. 방 안에 있는 가공의 여동생을 소멸시켰고, 밖에서 내리는 빗소리마저 끊기게 했다. 시간이 아무리 흘러도 조금도 익숙해지지 않는 이 방과, 그렇게 느껴지기는 마찬가지인 이 기묘한 아파트 자체, 눈앞의 남자(거의 알지도 못함에도 집 안에 들이고 홍차까지 끓여주는). 그런 현실이 얼마나 고통스럽고 굴욕적인지 순식간에 깨닫게 하고 말았다. 마치, 히나코가 전혀 알지 못한다는 것처럼.

"물론……."

히나코는 자신이 그렇게 말하는 목소리를 들었다.

"물론, 찾았어요. 조사원도 고용했고, 저 역시도 사방팔방으로 찾아다녔고, 전화도 걸었고."

목소리는 유난히 낮고, 억양도 없었다. 히나코가 느끼고 있는 것은 분노였다. 분노는 히나코를 돌처럼 굳게 만들었다. 돌처럼 딱딱하게 굳은 채, 말만이 입에서 나오고 있었다.

"이 세상에서 내가 지금 마음을 쓰는 사람은 동생뿐입니다."

게다가 슬며시 웃기까지 했다.

"내게는 남편도, 아, 헤어진 남편이지만, 아들도 있어요. 하지만 그들에게 마음을 쓸 권리는 제게 없으니까."

'권리? 지금 내가 그렇게 말했나?'

히나코는 그녀 자신을 의심했다. 그런 말을 대체 어디에 감추고 있었던 걸까.

여동생의 (두 번째) 실종 후, 경찰은 거의 도움이 되지 않았지만, 히나코는 효고현경(兵庫縣警) 실종수사팀 덴이라는 남자의 유들유들한 말투, 간사이 지방 사투리의 억양을 잘 기억하고 있다. 몇 년 동안이나 끈질기게 전화를 걸었기 때문이다. 실종선고(필요에 따라 요청하면 사망으로 인정해주는 선고)의 요건에 충족되는 날짜가 지났을 때, 가정 재판소에서 받아야 할 절차에 대해 설명하던 여경의 위로로 가득 찬 표정도 기억하고 있다(물론, 히나코는 그 절차를 밟지 않았다. 죽었다는 증거가 있는 것도 아니었으니까). 잊을 리가 없다. 그리고, 그런 일들의 무엇 하나도 이 남자와는 관계가 없다.

"동생은 찾지 못했어요."

그래서, 그냥 그렇게 말했다.

"그랬군요."

남자는 나지막하게 대꾸했다.

"그래도 그 후에, 그러니까 지금, 찾아보려는 생각은 없습니까? 옛날과 달라서 지금은 여러 가지 방법이 있잖아요, 트위터라든지, 페이스북이라든지."

히나코는 고개를 저었다.

"생각해본 적도 없어요. 동생은, 내가 어디 있는지 압니다. 그러니까, 알고 있었어요. 지금 나는 거기에 없지만, 남편과 아들은 지금도 있고, 만약 동생이 연락을 한다면, 반드시 내게 알려 줄 거예요. 그건 분명합니다. 남편은, 아, 아니, 전남편은 아주 좋은 사람이니까요."

히나코는 그렇게 말하고서 일단 말을 끊었다. 그리고 와인을 마셨다. 그다음에 이어질 말로부터 조금이나마 자신을 보호하고 싶었다.

"동생은, 내게 연락하고 싶지 않은 거예요."

그렇게 생각하는 건 고통스러운 일이었지만, 다른 가능성을 생각하는 것보다는 훨씬 나았다. 현실의 아메코가 이미 어디에도 존재하지 않는다는 가능성을 생각하는 것보다는.

"그럴까요?"

남자는 그렇게 중얼거리고는 입을 다물었다. 히나코는 와인을 또 한 모금 마셨다. 그리고 일어나 병을 들고 돌아왔다. 일이 어쩌다 이렇게 됐는지, 믿을 수가 없었다.

"드시겠어요?"

묻긴 했지만, 남자는 사양할 거라고 생각했다. 역시 예상대로여서 히나코는 자기 잔만 채웠다.

"알겠습니다. 히나코 씨가 그렇게 말하니, 그런 건지도 모르겠네요."

남자의 찻잔이 비어 있었지만 히나코는 홍차를 더 끓일 마음이 없었다.

"죄송합니다, 공연한 말을 해서."

남자는 그렇게 말하고, 맥없는 미소를 머금었다.

"난 다만, 컴퓨터를 좀 다룰 줄 아는 터라, 혹시나 도움 될 일이 있을까 해서……."

히나코의 분노는 피로로 변해갔다.

"정말 죄송합니다. 뭐라 말을 잘 못 하겠는데, 없어졌다는 여동생분이 내내 마음에 걸려서……."

남자는 몇 번이나 사과했다. 단정한 차림새에 얼굴도 그럭저럭 잘생긴, 직업은 건축가라는 옆집 남자가.

"괜찮아요. 상관없습니다."

그렇게 말한 것은, 대화를 끝내고 싶기 때문이었다. 괜찮지도 않고, 상관없지도 않았다. 그저 남자가 얼른 가줬으면 했다.

3

"도련님, 이 사람이 글쎄……."

에리코가 마코토에게 어이가 없다는 듯이 얘기했다.

"이렇게 다다미방에 놓인 낮은 테이블은, 모에가 고개를 까딱거리다가 부딪치기 딱 좋은 높이라고, 머리에다 뭘 감아줘야겠다는 거예요. 쿠션이 붙어 있는 헬멧 같은 게 있으면 좋겠다고, 심각하게."

마코토는 시큰둥하게 웃고는, "정말이야?" 하고 마사나오에게 물었다. 마사나오는 그 말을 묵살했다.

모에는 드레스를 입고 있었다. 말 그대로 드레스다. 하얀 바탕에 자잘한 분홍색 꽃무늬가 있고, 허리에는 리본이 달려 있다. 영아용 드레스가 있다는 것을 마사나오는 딸이 태어나기 전에는 몰랐다. 혼자서는 제대로 설 수도 없을 때에는, 위아래가 붙은 순면 옷(우주복이라고 부른다는 것을 마사나오도 이제는 안다)이나 어딘가 모르게 작업복스럽고 끈 달린 환자복 같기도 한 옷만 입히는 줄 알았다. 그런데 모에는 생후 9개월에 드레스를 몇 벌이나 갖고 있다. 선물로 받은 것도 있지만, 대개는 에리코가 사들인 것이다. 옷 사는 것을 좋아하는(과거 잡지 모델이었던 영향도 있을 것이다) 에리코는 출산 이후 아이 옷이라면 사족을 못 쓴다.

모에는 오늘 구두도 신고 있다. 걷지 못하는 아기에게 구두를 신기기도 하는 모양이다. 그 앙증맞은 조그만 발을 사람들의 눈길에서 지키기 위한 것인지도 모르겠다고 마사나오는 생각해본다. 아까워서 아무에게도 보이고 싶지 않으니까 부모가 숨기는 거라고.

하기야 여기까지는 차를 타고 왔고, 방이라 이미 벗겼으니 구두가 사람들의 눈길로부터 모에의 발을 지키는 역할을 한 것은 주차장에서 가게로 이동한 불과 몇 분 사이뿐이었지만.

일가족은 지금 마사나오 아버지의 쉰세 살 생일을 축하하기 위해 이 가게에 모여 있다. 일가족이 오래전부터 단골로 다니는, 아자부에 있는 조그만 일식집 방에. 어느 정도 단골이냐면, 조금 전에 모에를 보고서 "어머나, 귀여워라!" 하며 감탄했던 여주인이 언젠가 자신에게 "어머나, 어쩜 이렇게 똘똘해!" 하고 말했던 일을 기억할 정도다. 그 탓에 오히려 불편한 면도 있는데, 아버지가 이곳 음식을 좋아해 늘 가게 편을 들고 있다.

쉰세 살. 마사나오는 그 나이에 대해 생각하지 않을 수 없다. 어머니보다 한 살 아래인 아버지는, 어머니와 결혼할 당시 겨우 서른네 살이었다. 지금 마사나오의 나이와 별 차이가 없다. 초혼이었고, 주위의 반대를 무릅쓰고 혼인신고를 하는 동시에 느닷없이 아홉 살 난 아들의 아버지가 되었다(그때 어머니의 배 속에는 마코토가 있었으니 얼마 안 되어 두 아들의 아버지가 되었다). 어머니가 집을 떠난 후로는 남자 몸으로 ― 할머니와 가정부가 있기는 했지만 — 마코토를 키웠다. 그리고 지금은 손녀를 무릎에 앉혀놓고 있다.

"옳지, 우리 모에, 서볼까?"

두 손으로 손녀의 양 겨드랑이를 받치고 일으켜 세우려 열심인 나머지 큰 접시에 나온 생선회에는 손도 대지 않고 있다. (모에는 서는 것을 좋아한다. 두 발에 힘을 주고 서서 손을 파닥파닥 움직이며 기쁨을 표현한다. 때로는 괴성을 지르기도 한다.) 가게 주인의 특제품인, 그렇게 좋아하는 젓갈에도 눈길 한번 주지 않는 아버지.

"위태위태하네."

마코토가 중얼거리자 "괜찮아요" 하고 에리코가 응수했다.

"아버님이면 안심할 수 있어요."

자칫 잘못해서 넘어져 테이블에 얼굴을 부딪칠까 내심 조마조마했던 마사나오의 가슴에 안도감이 번졌다. '아버님이면'이어서가 아니다. 에리코가 그렇게 말했으니, 괜찮은 것이다. 그렇게 믿는다.

음식은 잇달아 나오는데, 다들 음식이 아니라 모에만 주목하고 있다. 마사나오는 왠지 모를 미안함을 느꼈다. 오늘은 모에가 아니라 아버지의 생일인데.

"제가 안을게요."

그래서 그렇게 말했다.

"그렇게 오래 안고 있으면 팔 아프잖아요."

"무슨 소리."

아버지는 웃으면서 정종을 한 모금 마시고는, 모에를 안고 정말 만족스럽다는 듯이 얼굴을 들여다봤다. 마사나오는 알고 있다. 그렇게 하면, 모에도 상대의 얼굴을 빤히 본다. 그리고 금방이라도 무슨 말을 할 것처럼 입을 오물거리면서 침을 흘린다.

이번에도 에리코가 나섰다. 슬며시 아버지 옆으로 다가가, 아주 자연스럽게 딸을 안아 올린 것이다. 드디어! 마사나오는 속으로 쾌재를 불렀다.

"잠을 좀 자주면 좋겠는데, 흥분해서 틀린 것 같아."

돌아온 에리코가 말했다.

도미밥을 다 먹고서, 아버지에게 선물(우산, 카디건, 시디, 초콜릿)을 건넸다. 포장지와 리본 등이 널린 다다미 위를 모에가 기어 다니기 시작했다.

"기운도 참 좋네."

마코토가 감탄스럽다는 듯이 말하자, 또다시 모에에게 시선이 집중되었다. 마사나오는 쓴웃음을 지었다. 몇 년 후에도, 십몇 년 후에도, 지금 여기 있는 어른들은 오늘 밤의 모에를 기억할 것이다. 한 번은 엉엉 울었고, 한 번은 나갔다 들어왔고(다른 방에 가서 젖을 먹고 기저귀를 갈았다), 병에 든 이유식, 수도 없이 반복되었던 일어섰다 앉기, 괴성과 웃음소리. 이 모든 것을 기억하지 못하는 사람은 오직 모에뿐이라는 것이 마사나오는 이상했다. 평소에도 에리코가 빈정거릴 만큼 모에 사진을 많이 찍는데, 사진과 기억은 별개다.

"어머, 얘 좀 봐. 뭘 보고 있는 거지?"

포장지를 접고 있던 에리코가 말했다. 모에는 기던 자세로 정지한 채 다다미의, 아무것도 없는 한 점을 응시하고 있었다.

"무슨 생각을 하고 있나 보구나. 그렇지, 모에?"

아버지의 말에 "무슨 생각을?" 하고 마코토가 끼어들었다.

"태어난 지 얼마나 됐다고, 생각할 거나 있겠어요?"

마사나오는 알지 못한다. 모에는 아직 말을 못한다. 언어를 통하지 않고 과연 생각이 가능한지. 개나 고양이처럼? 그렇다면 인간은 어른이 되기까지의 어느 시점에서 그런 능력을 상실하는 것일까.

"고비토를 보고 있는지도 모르죠."

마코토가 말했다.

밖으로 나오니, 비는 그쳐 있었다.

"정말 행복하시겠어요. 이렇게 귀여운 손녀까지 생겨서."

그렇게 말하는 여주인의 배웅을 받으면서 슬렁슬렁 걷기 시작했다.

"물이 많이 고여 있으니 조심하세요."

온통 젖어 있는데, 하늘에는 별이 돋아 있었다.

"목소리 큰 건 여전하군, 저 사람."

마코토가 웃었다. 똑같은 목소리가 어머니의 이름을 수도 없이 부르던 시절이 있었다.

"히나코 씨, 이거, 선물."

"어머나, 히나코 씨, 코트 멋지네."

마사나오는 가슴에 안은 딸의 무게와 체온을 음미했다. 이런 것을 어떻게 버릴 수 있었을까, 그 여자는. 벌써 오래전에 생각하지 않기로 했던 의문이 되살아나고 말았다.

4

하굣길의 스쿨버스를 드류는 요즘 늘 넷이서 탄다. 통로를 끼고 옆으로 두 명씩 한 줄에 앉는다. 지난 학기까지만 해도 언제나 나쓰키와 둘이 앉았다. 둘이서 실뜨기도 하고, 아주 조그만 소리로 노래를 부르기도 했다. 사인펜으로 열 손톱에 색을 칠하면서 돌아간 적도 있다.

반은 물론 학년까지 달라졌으니까 어쩔 수 없다. 머리로는 그렇게 알고 있지만, 허전했다. 그래도 나쓰키 옆자리가 비어 있을 때면 드류는 간혹 잠깐 자리를 옮겨 앉는다. "오늘은 어떻게 지냈어?" 하고 묻거나 "농구하는 거 봤어" 하고 말하기 위해서. 하지만 오늘은 그것도 바랄 수 없다. 나쓰키 옆자리에 1학년짜리 남자아이가 앉아버렸으니까.

브라스 밴드의 연습이 없는 토요일. 나쓰키는 소박한 모험 하나를 계획하고 있다. 그래서 드류에게 그 얘기를 하고 싶었는데, 모험은 하기 전보다 한 후에 얘기하는 것이 더 좋을 것 같아 마음을 바꿨다. 그래야 당당하게 얘기할 수 있을 것이다. 나쓰키는 보라색 배낭에서 책을 꺼냈다. 도서관에서 빌린, 아이들을 위한 시집이다. 표지에는 목마 그림이 그려져 있다. 읽기 시작했지만 집중이 잘 안 되었다. 간간이 들리는 드류의 목소리에 그만 귀를 쫑긋 기울이게 되는 탓이다. 결국 버스에서 내릴 때까지 올빼미와 고양이가 결혼하는(!) 시 한 편을 읽었을 뿐이다. 그 시 속에서 올빼미와 고양이는 '콩알처럼 생긴 초록색' 배를 타고 여행을 떠난다. 그리고 돼지에게 결혼반지를 사고, 마지막에는 달빛 아래에서 춤을 춘다. 이상한 시라고 나쓰키는 생각했다.

집에 돌아왔더니 엄마가 평소에 늘 그러는 것처럼 머리가 아니라 얼굴을 쓰다듬었다. 더러운 것을 털어내기라도 하는 것처럼. 그리고 함께 점심을 먹었다. 이 부분이 중요하다는 걸 나쓰키는 알고 있다. 평소와 다름없게 행동해야 한다. 오후에 어떤 계획이 있는지, 엄마가 눈치채지 못하게.

참치와 삶은 계란 샐러드와 빵, 감자 된장국이 테이블에 놓였다. 나쓰키는 최대한 천천히 먹었다. 엄마가 물으면 학교에서 있었던 일도 얘기했다. 그리고 2층으로 올라가, 책상 위에다 메모를 남겼다. 메모지에는 '저녁 먹을 때까지 돌아올게요'라고 또박또박 썼다. 그리고 잠시 생각하다가 '걱정하지 마세요'라고 덧붙여 썼다. 계단 위에서 숨을 죽이고 있다가, 엄마가 아직 부엌에 있는 것을 확인하고서 살금살금 내려갔다. 현관은 문과 덧문이 겹쳐 있는 이중문이다. 문보다 덧문에서 큰 소리가 잘 난다. 나쓰키는 조심조심 그것을 열고 닫았다. 성공.

화창하고, 바람도 불지 않는 날이다. 나쓰키는 집 앞의 가로수 길을 가슴을 쫙 펴고 걷는다. 심부름 가는 길인 척한다. 실제로는 심부름을 한 번도 해본 적이 없어서, 어떻게 하는 게 그런 척인지는 잘 모르지만. 가로수는 빨간색과 노란색으로 완전히 물들어 있다. 싸늘한 공기에서는 좋은 냄새가 난다. 버스를 타면 역까지 15분이면 갈 수 있다. 그다음 전철로 바꿔 타고, 버라드나 그랜빌에서 내리면 된다. 두 역 사이다. 혼자서 가는 건 처음이지만, 2년 동안 다녔던 장소라서 어느 쪽에서 내리든 헤매지 않을 자신이 있다.

"언제든 놀러 와도 괜찮아."

고지마 선생님은 그렇게 말했었다. 나쓰키는 선생님이 보고 싶었다. 어른인데 어른이 아닌 것처럼 깡말랐고, 때로 이상한 노래를 부르는, 오이도 토마토도 먹지 않는 고지마 선생님을.

5.
기억에 대하여

1

일본인 학교는 나쓰키가 기억하는 꼭 그 장소에, 기억하는 그대로의 모습으로 존재하고 있었다. 전면이 유리인 건물의 1층. 마지막 왔을 때로부터 두 달밖에 지나지 않았으니 변하지 않은 것은 당연한 일인지도 몰랐지만, 버스와 전철을 타고 혼자 와보고는 변하지 않았다는 것보다 거기에 분명히 있다는 사실이 놀라웠다.

계단을 올라 건물 안으로 들어가 벽이 파란 복도를 걸어갔다. 이 복도에서는 언제나 커피 냄새가 났다. 나쓰키는 그 냄새를 전에는 아무렇지도 않게 생각했는데, 지금은 그리운 심정으로 한껏 들이마셨다. 문을 열자 안내 창구에 중학생 담당 선생님이 있었다.

"안녕."

나쓰키를 보자 선생님이 방긋 웃으며 인사했다.

"지각한 거야?"

나쓰키는 고개를 가로저었다. 잘 모르는 선생님을 상대로 어떻게 설명하면 좋을지 몰랐다.

"고지마 선생님을……."

조그만 소리로 말했다. 자신이 이제 이 학교 학생이 아니라는 것, 하지만 고지마 선생님을 만나러 왔다는 것, 선생님이 언제든 놀러 오라고 했다는 것이 이 말로는 전해지지 않을 거라고 생각했지만, 낯을 가리는 나쓰키는 그 이상의 설명을 할 수 없었다.

"저 방에서 기다리고 있을게요."

학부모 대기실을 가리키며 말했다. 벽에 걸린 커다랗고 둥그런 시계는 3시 18분을 가리키고 있다. 지금 하고 있는 수업이 끝날 때까지 — 예전과 같은 시간표라면 — 앞으로 27분이 남았다. 중학생 담당 선생님은 그러라는 듯이 팔을 휘저으며 들어가게 해주었다.

책꽂이, 크레파스와 색연필이 들어 있는 상자, 나무 동물들. 처음 등교했던 날, 그것들 때문에 이 장소가 오히려 서먹하게 느껴졌던 기억이 있는데, 오늘은 비품 하나하나가 나쓰키를 기다리고 있었던 것처럼 느껴졌다. 배낭을 바닥에 내려놓고 컴퓨터 앞에 앉았다. 컴퓨터 사용법은 학교에서 배워 알고 있는 데다, 여기 있는 컴퓨터 세 대 중 한 대는 일본어로 설정되어 있어서 편하게 이용할 수 있다. 배낭에서 오늘의 모험을 위해 몰래 숨겨 놓은 초콜릿 바를 꺼내 한입 베어 물었다. 모험은, 식량이 있으면 한층 본격적인 느낌이 든다. 드류가 좋아하는 가수인 저스틴 비버의 동영상을 두 개 본 후에, 절반 남은 초콜릿 바를 배낭에 다시 넣었다. 집으로 돌아가는 모험이 아직 남아 있기 때문이다. 그리고 구글 어스로 들어가, '도쿄도 스기나미구'라고 입력했다. 옛날에 살았던 집 근처를, 나쓰키는 때로 이렇게 바라본다. 확인하는 것이다. 집 자체는 보이지 않는다. 아니, 어디에 있는 어떤 집이었는지는 기억하지 못한다. 하지만 도쿄도 스기나미구가 지금도 어딘가에 분명히 있다는 것을 확인하는 것이다.

약간 소란스러운 기척과 아이들의 목소리가 들려서 수업이 끝났다는 것을 알았다.

얼마 전까지 같은 반이었던 하라다 고즈에가 말을 건넸다.

"웬일이야?"

"놀러 왔어."

"여길? 이상하네."

"그러니?"

"그렇지."

이런 대화를 나누는 사이 고지마 선생님이 들어왔다.

"어머나, 나쓰키가 왔네."

선생님은 보라색 스웨터를 입고 있었다(나쓰키의 배낭과 똑같은 색이다). 검은 미니스커트 아래로 보이는 다리는 가느다랗고 근육이 드러나 보였다.

"옛날 집이니?"

선생님이 모니터를 들여다보면서 물었다. 나쓰키는 고개를 끄덕이고는 이내 창을 닫았다.

"조금 기다려. 차 끓일게."

"치."

선생님의 말에 고즈에가 불쑥 끼어들었다.

"얘만요?"

"얘는, 나쓰키는 이제 학생이 아니라 손님이잖아."

고지마 선생님은 그렇게 대답하곤 자신의 책상 쪽으로 갔다.

선생님이 끓여준 차는 밀크 티였다. 조그만 봉지에 든 일본 비스킷도 함께였다.

"차를 이렇게 조금 적셔서 먹으면 맛있어. 왜, 여기 사람들도 코코아 쿠키를 우유에 적셔 먹잖아. 그런 것처럼."

나쓰키는 선생님의 모습 여기저기를 확인하듯이 바라보았다.

까뭇까뭇한 단발머리, 금색의 조그만 귀걸이, 손목의 너무 크고 투박한 검정 시계, 등산용처럼 두꺼운 회색 양말과 1년 내내 신고 있는 분홍색 슬리퍼.

"엄마는?"

뭐라고 대답할까 주춤거리고 있는데, "혼자서 왔어?" 하고 거푸 물어 나쓰키는 고개를 끄덕였다.

"여기 온다는 말은, 하고 왔지?"

나쓰키는 고개를 가로젓고는 "메모는 써놓고 왔어요" 하고 심드렁하게 대답했다. 선생님은 "호" 하고 대답했다. 고지마 선생님은 그 말을 자주 한다. 뭔가를 생각할 때, 재미있어할 때, 감탄할 때에도. 올빼미 같아 재미있다고 나쓰키는 생각했다.

선생님은 그 자리에서 바로 엄마에게 전화를 걸었다. 그러고는 다음 수업이 끝날 때까지 기다리면 차로 집까지 데려다주겠다고 했다. 나쓰키는 물론 기다리겠다고 대답했다. 선생님의 차를 타는 건 처음이다.

머그컵 한가득 홍차가 담겨 있다. 따끈하고 우유 냄새가 나는 그것에 나쓰키는 조심조심 비스킷을 담갔다. 비스킷이 액체를 머금어 색이 짙어지는 것을 쳐다보면서 입으로 가져갔다고 생각했는데, 젖은 부분이 무릎으로 툭 떨어지고 말았다. 고지마 선생님이 웃었다. 잘 웃는 선생님이다. 나쓰키는 약간 심통이 났다. 남이 실수한 것을 보고서 웃다니, 좋지 않은 태도다.

"나쓰키, 너 아니?"

웃으면서, 웃는 사이로 선생님이 말했다.

"너를 보면 우리 언니가 생각나. 정말이지, 똑같아."

간신히 웃음을 그치고서, 고지마 선생님은 다음 수업을 하러 학부모 대기실을 나갔다.

2

오락실에 공을 치는 소리가 울렸다. 위층에 사는 기시다는 4구로 치는 정통 당구를 즐긴다. 4구는 공을 포켓에 넣는 것이 목적이 아니라, 한 번에 얼마나 오래 치느냐가 승부의 관건인 게임이다. 그래서 류지는 솔직히 그다지 좋아하지 않는다. 한쪽이 하염없이, 그것도 득의양양하게 솜씨를 발휘하는 경우가 왕왕 있기 때문이다. 지금도 그렇다. 노익장을 과시하는 걸음으로 당구대 주위를 돌면서 느긋하게 공을 치는 기시다에게 "나이스 샷!" 하고 성원을 보내고는 있지만, 류지의 머릿속은 지금 히나코 생각으로 가득하다. 정확히 말하면, 히나코의 여동생에 대해서.

일본에서 해마다 8만 건에서 10만 건에 달하는 수색원이 신청

된다는 것을 류지는 알고 있다. 그중 특이 가출(범죄에 휘말렸거나 자살했을 가능성이 있는 실종자를, 경찰청에서 발행된 통계자료에서는 그렇게 칭한다)의 수는 3, 4만 정도라는 것, 시간이 흐르면 흐를수록 찾아내기가 힘들어진다는 것도. 왜 알고 있는지는, 물론 조사를 했기 때문이다. 왜 조사를 했느냐, 류지 자신이 과거 두려움에 떨었던 적이 있기 때문이다. 그렇게 과거형으로 생각하는 것에 류지는 스스로 놀란다. 과거형으로 생각하다니, 있어서는 안 될 일이다.

오락실은 4층에 있고, 벽 한 면의 윗부분 절반이 유리창이기 때문에 전망이 좋다. 오늘은 구름이 많이 껴 하늘이 흐리지만, 맑은 날에는 미우라 반도 너머 보소 반도 끝까지 보인다.

"단노 씨 차례요."

장난스러운 말투로 기시다가 말하자, 류지는 큐를 들고 당구대로 향했다.

과거, 류지는 실종자의 통계가 머리에서 떠나지 않은 적이 있었다. 총수, 성별, 소재지 확인율, 범죄율, 연령별 그리고 동기별 통계. 물론 그것들은 숫자에 지나지 않는다. 사라진 사람들 한 명, 한 명의 인생을 숫자로 알 수 있는 것은 아니다. 그런데도 그것은 무언가를 뜻한다고 여겼다. 아예 없는 것보다는 확고한 무엇이라고 생각했다.

물론 잊은 것은 아니다. 잊을 리도 없다. 하지만 언제부터인가, 숫자에 매달리지 않게 되었다. 하루 스물네 시간도 모자라 꿈속에서까지 불안에 떠는 것도. 옆집 히나코가 이사 오기 전까지는.

3타째에 쿠션을 잘못 읽어 큐를 내려놓자, 만면에 미소를 띤 기시다가 음료를 건네주었다.

"기름이 떨어졌나 싶어서 말이야."

제 손에도 같은 음료를 들고 있다.

"이런 거 가지고는 성이 안 차지만, 뭐 어쩔 수 없지."

얼음이 든 엷은 호박색 액체는 진저에일이고, 빨대가 꽂혀 있다. 오락실에는 조그만 홈바 시설도 있지만, 알코올은 제공되지 않는다. 식당에 가면 술이 있는데 무슨 의미가 있을까 류지는 생각하지만, 어쨌든 오락실 규칙이 그렇다.

"어이구, 이거 고맙습니다."

잔을 받아 들고 창가에 놓인 긴 의자에 앉았다. 당구대는 세 대가 있지만, 넓은 공간에 지금 다른 사람은 없다.

"컨디션이 아주 좋습니다."

사실이라 인사치레는 아니지만, 그렇다고 진심도 아닌 말을 건네자 우후후, 하고 기시다가 흐뭇한 듯이 웃고는 "얼마 전에 말이야" 하고 얘기를 꺼냈다.

"이건, 우리끼리라서 하는 말인데, 얼마 전에, 오랜만에 여자와 키스를 했어. 여자라고 해야 가게 여자니까 그쪽이야 장사의 일환이었겠지만, 그래도 거기 이상한 가게는 아니었어. 그냥 평범한 선술집이니까 아무하고나 하는 건 아니야. 아주 묘하더라고."

"그랬겠습니다."

맞장구를 쳤다. 그 맞장구와는 별 상관 없이 기시다는 "마우스 투 마우스" 하고 기세등등하게 소곤거리고는 가슴을 좍 폈다.

"대단하십니다."

류지의 반응에 기시다는 하나 마나 한 말을 계속했다.

"그런데 말이야, 솔직히 말해서 난 그런 키스는 별로 좋아하지 않아. 연인끼리 뜨겁게 하는 거라면 몰라도, 그렇게 이도 저도 아닌 키스는 뭐가 재미가 있어야지. 키스를 한다기보다는 '해주는' 것 같은 느낌이잖아. 그러지 말고 어딘가를 슬쩍 만지게 해주면 훨씬 에로틱한 기분이 들 텐데. 그래도 말이야, 단노 씨도 알겠지만 남자에게는 자극이 필요하잖아. 물론 아내도 필요하니까, 그게 좀 어렵지만 말이야."

여자 얘기는 기시다의 십팔번이다. 젊은 시절의 무용담도 이루 헤아릴 수가 없다. 어느 여배우와 했다느니, 놀이 삼아 손만 댔을 뿐인데 여자 쪽에서 얼마나 끈질기게 쫓아다니던지 식겁했다느니. 입담이 좋은 데다 세부적인 묘사도 뛰어나다. 같이 일하는 동료들 몇 명이 온천으로 여행을 갔을 때 얘기(당시 기시다 나이의 절반도 안 되는 여자가 불쑥 남탕으로 들어오더니 다른 남자는 쳐다보지도 않고 기시다의 무릎에 올라탔다)는 몇 번을 들어도 재미있고, 또 그 광경이 눈앞에 선명히 떠오른다. 그런 무용담의 진위를 의심할 이유는 없지만, 류지는 생각하지 않을 수 없다. 사람의 기억이란 어디까지 믿을 수 있는 것일까. 무릎에 올라탔다는 여자는 그저 술에 취해 그런 행동을 했을지도 모른다. 끈질기게 쫓아다녔다는 여자 얘기도, 어쩌면 쫓아다닌 쪽이 기시다였을 수도 있다. 아니, 어쩌면 그런 여자들은 아예 없었는지도 모른다. 누가 알랴.

"어디 한번 다시 시작해볼까."

부추김에 일어난 류지는 빈 잔 두 개를 홈바 카운터로 가져갔다. 가령, 실종되었다는 히나코의 여동생이 애당초 존재하지 않았을 가능성도 있을까, 생각해본다. '아주 좋은 사람'이라는 전 남편과 병으로 죽었다는 첫 남편도. 과연 그 모든 것이 그녀의 상상의 산물일 수 있을까.

충분히 그럴 수 있다고 류지는 생각한다. 조금도 놀랄 일이 아니다(류지는 여간해서는 놀라는 일이 없다. 과거에 그런 일이 있었으니 당연한 일이라고 스스로 생각한다).

지금은 자신도 거의 믿을 수 없어졌지만, 류지는 과거에 사람을 죽인 적이 있다.

3

"말도 안 돼."

아미가 소리를 지르고는, 침대 위에서 벌떡 윗몸을 일으켰다.

"왜? 어쩌다?"

오후 5시, 최근에 발견하고서 애용하고 있는 러브호텔은 실내가 하얀색으로 세련되게 통일되어 있고, 이런 장소치고 청결한 맛도 있다.

"나도 잘 몰라. 형이 입 딱 다물고 말을 안 하는데, 뭐."

마코토는 말했다.

"그럼, 그래서 모에는?"

"형수하고 있지. 그렇게 어린 걸, 데려올 수는 없잖아."

별 흥미 없다는 듯이 마코토는 주절주절 대답했다. 군살이라고는 거의 없는 마코토 몸의 탄력 있는 유연함은 몇 번을 자도 아미에게 감동을 준다.

"마사나오 씨가? 정말 믿을 수가 없네. 무슨 일이 있는 거겠지."

아미는 지금 막 마코토에게서 마사나오가 집을 나왔다는 말을 들었다. 에리코를 용서할 수 없고, 이제 믿을 수도 없다고, 마사나오가 그렇게 말했단다. 다른 설명은 없었다.

"아버지 반응은?"

"'첫 부부싸움이냐. 축하한다, 축하해' 그러고는 지켜보고만 있고. 아무도 별걱정 안 해. 형이 다혈질이잖아."

"아니지. 걱정할 일이야."

아미가 말했다.

"마사나오 씨가 어떤 사람인데. 모에 옆을 떠나다니, 있을 수 없는 일이잖아. 하긴 그렇게 치면, 에리코 씨 옆을 떠나는 것도 그렇지만."

아미가 마사나오와 에리코를 처음 만났을 때, 두 사람은 이미 결혼을 앞두고 있었다. 한 번도 다투거나 의견 차이가 없었다는 점이 자랑인 커플이었다. 에리코는 몰라도, 마사나오 쪽은 말 그대로 에리코에게 홀딱 반해 '에리코가 죽으면 나도 죽겠다'는 태도였다. 남자가 여자에게 그렇게 푹 빠진 모습을 아미는 난생처음 보았다.

"마사나오 씨 가엾네."

아미가 그렇게 중얼거린 이유는 그가 마코토의 형이라서가 아니라, 너무도 순박하고 일편단심인 사람이기 때문이었다. 때로 우스꽝스럽기까지 할 정도로.

"알 수 없잖아, 원인을 말해주지 않으니, 어느 쪽이 가여운지."

"그렇긴 하지만."

아미는 인정했다. 아마도 자신에게는 에리코에 대한 편견이 있는 것이리라. 그렇게 인상이 화려한 여자가 소탈함 그 자체인 남자를 반려자로 선택한 데는 뭔지 몰라도 다른 속내가 있을 것이라는. 물론 근거는 없다.

"아마, 사소한 일일 거야."

마코토는 얘기를 끝내려는 듯 그렇게 말한 후 이불을 확 걷어내고 침대에서 내려왔다.

"앗, 추워."

아미는 다시 이불에 파고들었다. 마코토는 이쪽으로 등을 보이고 복서 팬티에 한쪽 다리를 집어넣고 있다.

"벌써 옷 입는 거야?"

아미는 오늘 7시부터 과외가 있지만, 그때까지는 아직 시간 여유가 있다.

4

언덕길을 다 올라가니, 아파트 앞에 차체에 물방울무늬가 찍혀 있는 밴이 서 있었다.

"앗, 강아지 목욕 차네."

가공의 여동생이 속삭였다. 개조한 차의 내부에서 강아지나

고양이를 목욕시켜주는 업자가 이곳에도 가끔 찾아온다.

"안녕하세요."

스쳐 지나가면서 인사한 것은, 단노 부인과 기시다 부인이 추운 하늘 아래 나란히 서 있었기 때문이다. 둘 다 비슷한 다운 코트를 입고 있다. 단노 부인의 코트는 갈색이고, 기시다 부인의 코트는 하얀색이다. 단노 부인은 두 팔에 애견을 끌어안고 있다.

"개하고 주인은 정말 얼굴이 닮나 봐."

가공의 여동생이 말했다.

"어머나, 히나코 씨. 어디 다녀오시나 보네요."

단노 부인이 낭랑하고 사근사근한 목소리로 인사했다.

"네, 요코하마에 잠시 볼일이 있어서요."

뭘 좀 사 왔어요, 하는 뜻을 담아 들고 있던 종이 쇼핑백을 들어 보였다.

"아니, 일부러 거기까지?"

"참견은."

가공의 여동생은 그렇게 말했지만, 히나코는 뭐라 대답하면 좋을지 몰랐다. 그러자 부인은, "책을 사러 요코하마까지 일부러 다녀온 거예요?"라고, 마치 요코하마가 외국이라도 되는 것처럼 되물었다. 쇼핑백에 'BOOKS'라고 찍혀 있어 내용물이 책이라는 걸 한눈에 알아본 것이다.

"네."

히나코는 그렇게만 대답했다. 이 부근에는 책을 고루 갖추고 있는 대형 서점이 없다.

"요즘에는 주문하면 금방 배달되는데."

단노 부인이 말했다.

"천오백 엔인지 천육백 엔인지, 그 이상 주문하면 배송비도 없어요. 그러니까 한꺼번에 주문하면 되는데, 편리해요, 아주."

부인의 팔 안에서, 목살이 세 겹으로 주름진 개가 혀를 내밀고 헉헉거리고 있었다.

"헉헉거리네. 나이가 꽤 많은가 보다."

가공의 여동생이 그렇게 말하면서 개의 등을 살며시 쓰다듬었다.

"물론 나는 인터넷을 모르니까 바깥양반이 주문할 때 부탁하는데, 괜찮으면 다음에 주문할 때 히나코 씨에게도 얘기하라고 할……."

"아니, 잠깐. 그거 뭐지?"

단노 부인의 말이 기시다 부인의 낮고 쉰 목소리에 지워졌다. 체인 달린 노안경을 끼고, 한기가 도는지 팔짱을 끼고 웅크린 기시다 부인이 차 뒤에 서서 작업하고 있는 사람에게, 심히 의심스럽다는 듯이 물었다.

"그걸 사용하는 거예요? 전에 쓰던 세제랑 용기가 다른 것 같은데, 어디 거죠?"

"샴푸?"

단노 부인이 끼어들었다.

"영국쟵니다" 하고 작업하는 사람이 대답했다. 차 안에서 털이 긴 회색 소형견이 물에 폭 젖어 있었다.

"어디 좀 보여줘봐요, 성분 좀 보게."

기시다 부인이 그렇게 말하고 받아 든 병을 멀뚱멀뚱 살펴봤다.

"뭐라고 쓰여 있는데요? 영어예요?"

단노 부인이 옆에서 들여다보는 틈에 히나코는 아파트로 들어갔다. 가공의 여동생은 킬킬 웃었다. 그러고는 방에 들어서자마자 물었다.

"저 사람들, 구니스 자매 닮은 것 같지 않아?"

"구니스 자매가 뭔데?"

히나코는 묻고서 코트를 벗고 난방 온도를 올렸다. 올 12월은 예년보다 추위가 매섭다.

"에이, 잊어버린 거야?"

가공의 여동생은 어떻게 잊어버릴 수가 있느냐는 투로 말했다. 그러고는 세면실까지 따라와, 손을 씻고 양치질을 하는 하나코 뒤에서 설명했다.

"옛날에 우리 테니스 배울 때, 같은 클래스에 사이좋은 아줌마 둘이 있었잖아. 초보자 반에서는 실력이 좋았고, 얼굴에는 둘 다 주름이 많은데도 묘하게 동안이라서 영화에 나오는 구니스 닮았다고, 그래서 우리, 사람들 안 듣는 데서는 구니스 자매라고 불렀잖아."

"그랬나?"

수건으로 입가를 닦으면서 말했지만, 기억이 가물가물했다. 아주 오래전에, 여동생에게 반강제로 끌려가 같이 테니스를 배웠던 건 기억하고 있다. 하지만 운동을 싫어하는 하나코는 금방 포기하고 말았다.

"언니, 그 사람들 굉장히 무서워했잖아. 승부에 목매는 사람들이라 자칫 실수라도 하면 온종일 잔소리를 들어야 하는 데다, 끝나고 공 주울 때 라켓에 담아서 옮기는 공의 수가 적으면 노려본다고 하면서."

"그랬나?"

같은 말을 반복하면서 하나코는 쓸쓸하게 웃었다. 충분히 있었을 법한 얘기다.

"그럼. 그랬다니까. 아줌마면서 연습 때 일부러 치마를 입고

오는 것도 무섭다고 했고."

가공의 여동생이 소파에 털퍼덕 앉았다. 가죽에서 공기가 새는 부드러운 소리가 났다.

"설마. 그런 무례한 말을 했을 리가 없는데."

부정했지만, 했을지도 모른다고 생각했다. 무례한 말을, 무례하다 생각지 않고서.

"언니는 언제나 사람을 무서워했어. 초등학교 다닐 때도, 남자애들이 닭처럼 이상한 소리를 내서 무섭다면서 꽤 오래 학교에도 안 갔고."

가공의 여동생이 계속 말을 늘어놓았다.

"사람이 제일 무서운걸, 뭐."

그렇게 대답하고, 히나코는 사 온 책을 쇼핑백에서 꺼냈다. 책꽂이는 이미 꽉 차, 적당한 장소에 쌓아두는 수밖에 없다.

"그래도 지금은, 그렇게 무섭지 않지?"

히나코는 고개를 갸우뚱했다.

"글쎄, 그건 잘 모르겠네."

창밖은 이미 어두웠다. 저녁으로 먹으려 사 온 도시락을 테이블에 올려놓고 그릇장에서 와인 잔을 꺼냈다. 그리고 시디플레이어에 롤링 스톤스의 시디를 집어넣었다.

이제 무섭지 않다고 생각했던 적이 분명히 있었다고 히나코는 생각한다. 이 남자와 함께라면 아무것도 무섭지 않다고 생각했던 적이.

"이거, 아주 편리해."

어제저녁 병을 딴 레드 와인을 잔에 따르면서 히나코는 말했다.

"이렇게 쉭, 쉭, 해서 병 속에 있는 공기를 빼는 도구거든. 병하나 따서, 사나흘에 걸쳐서 마시는 날이 올 줄은 몰랐네. 옛날에는 상상도 못 했던 일이야."

가공의 여동생이 어깨를 으쓱했다. 와인에는 별로 관심이 없는 것이다. '사나흘에 걸쳐서'보다는 '혼자서 마시는 날이 올 줄은'이라고 말하는 편이 정확하다는 것을 깨달았지만 히나코는 모르는 척한다.

"아, 이 곡, 좋아."

가공의 여동생이 그렇게 말하고는 조그만 소리로 부분 부분 흥얼거렸다.

"And goes running for the shelter of a mother's little helper……."

경쾌하게 리듬을 타게 되는 '쉘터'와 '헬퍼'에서 윗몸을 비틀고, 꼭 쥔 두 손을 흔드는 가공의 여동생의 모습을 바라보다가, 히나코도 덩달아 흥얼거리기 시작했다.

"So go running for the shelter of a mother's little helper……."

와인 잔을 한 손에 들고 선 채, 몸을 흔든다. 가사를 모르는 부분은 허밍을 하고, 아는 부분(리듬을 타는 그 한 부분)에서만 다 아는 척 노래한다.

"No more running for the shelter of a mother's little helper……라라, 라라, 라라."

알고 보니 가공의 여동생도 소파에서 일어나 노래하고 있었다. 두 사람은 온 집 안을 걸어 다니면서 아주 천천히 춤을 췄다. 다음 곡에서도, 그다음 곡에서도 그렇게 춤을 춘 후, 가공의 여동생이 "몸이 좀 풀린 것 같은데, 더 추자" 하면서 시디를 찾기 시작해, 테이블에 놓인 도시락은 한참이나 방치되고 말았다.

5.

단노 류지가 사람을 죽인 것은 40년 전의 일이다. 정확하게 말하면 42년 전, 스물한 살 때의 일이다. 태풍이 오고 있었다. 여름이 끝나갈 즈음이었고, 시간은 한밤중에 가까웠다. 고향인 나가노에 내려가 있던 류지는 역시 고향에 내려와 있었던 당시의 여자 친구 ─ 그녀의 집은 이나(伊那)에 있었다 ─ 집에 놀러 갔다가 집으로 돌아오는 길이었다. 도모코라는 이름의 피부가 하얗고 성격은 얌전한 그 여자 친구와는 고등학교 시절부터 꾸준히 사귀었고, 그녀의 부모님과도 친했다. 언젠가는 결혼할 생각이었다.

물론, 그건 사고였다. 비바람이 세차게 몰아쳤다. 헤드라이트 빛을 아무리 밝게 해도 시야가 확보되지 않았다. 강풍에 차가 흔들려 도로 위로 뜰 것만 같은 기분마저 들었다. 그 순간까지 아무도 없는 길을 달리고 있었다. 실제로도 사람보다 너구리가 나올 법한 장소였다. 갑자기 부딪쳐 앞쪽으로 튕겨나갔다고 생각했는데, 급브레이크를 밟고 차를 세워 내려보니, 남자는 뒤쪽에 있었다. 튕겨나간 후에 다시 치인 것인지, 튕겨나갔다고 생각한 것은 류지의 착각일 뿐 처음부터 바퀴에 휘말려 있었는지, 그때에도 알 수 없었다. 류지는 비에 완전히 젖었을 것이다. 공포 외에는 아무것도 느끼지 못했다. 놀라서 제정신이 아니었고, 그런데도 어떻게 하면 좋을지 치열하게 생각했을 것이다. 그런데 그 부분의 기억이 없다. 아니, 기억 속에서 류지는 지금 어쩔 수 없는 방관자다. 비에 젖어 있지도 않고 사람을 치어 죽이지도 않았다.

바로 옆으로는 콸콸 소리 내어 강물이 흐르고 있었다. 류지에게는 어렸을 때부터 친숙하고, 거기에 있는 것이 당연한 덴류 강이다. 호우 탓에 불어난 강물 위로 부러진 나뭇가지와 어디선가 날아온 양철판이 출렁출렁 떠내려가고 있었다. 몇 안 되는 가로등 불빛이 닿는 범위 안의 수면만 거뭇거뭇 불길하게 번들거렸다. 남자의 머리는 류지의 차에 치여 절반이나 짓뭉개져 있었고 옷은 찢어져 있었다. 찢겨나간 옷에는 피부가 들러붙어 있었는지도 모른다. 남자의 숨이 이미 끊겼다는 것은 의심의 여지가 없었다.

왜 자신에게 그런 일이 생겼는지 알 수 없었다. 알 수 없었지만, 류지는 시신을 끌고 갔다. 다리 난간과 가드레일 사이에 생긴 틈이라고 해야 할지, 아무튼 가드레일이 끝난 곳에서 강둑으로 시체를 밀어내고 자신도 내려가 손을 뒤로 해서 가드레일을 잡았다. 평소 같으면 강둑은 교량 바로 밑까지 이어지는데, 불과 1미터도 안 되는 지점까지 수위가 올라온 지금은 교량 밑의 대들보가 거의 보이지 않는다. 류지는 시체를 발로 걷어찼다. 한 번으로는 물에 빠지지 않아 두 번, 세 번, 아니 어쩌면 네 번은 찼는지도 모른다. 도로로 올라와 우산을 찾았던 것을 기억하고 있다. 남자가 쓰고 있었을 우산이다. 하지만 보이지 않았다. 바람에 날려갔는지도 모르고, 또는 어떤 사정이 있어 처음부터 쓰고 있지 않았는지도 모른다.

차 문을 닫고, 심하게 짖어대는 하루를 보고서야 현실이라는 것을 알았다. 자신이 지금 막 사람을 죽였다는 것을. 원래는 사고였을지도 모르지만, 지금은 사고가 아니라는 것도. 그 순간 오금이 저리고 온몸이 떨리기 시작했다. 생쥐 꼴이 된 류지가 간신히 운전석에 앉은 후에도 하루는 진정하기는커녕 흥분해서 점점 더 심하게 짖어댔다. 낯선 타인에게 짖듯이. 지난봄에 갓 태어난 시바견 강아지 하루를 도모코가 보고 싶어 해서 데려갔던 것이다. 류지는 강아지에게 말을 걸 수가 없었다. 쓰다듬어줄 수도 없었다. 형무소라는 장소를 상상했다. 자신은 틀림없이 그곳에 가게 될 거라고 생각했다. 조금 전까지의 자신의 인생이 한없이 멀게 느껴졌다. 자신이 아닌 누군가의 인생이 되고 만 기분이었다.

하지만 사건의 전말은 그게 전부였다. 류지에게 경찰이 찾아온 일도 없었고, 류지가 아는 한 그 사고가 신문에 보도된 일도 없었다. 류지가 몰았던 차는 아버지의 차였지만, 차체에는 눈에 띌 만한 손상이 없었고, 이틀이 되도록 젖어 있던 시트도 창문 닫는 것을 깜박했다는 설명으로 아무 문제가 없었다.

류지는, 지금은 믿을 수 없다. 그런 짓을 한 사람이 자신이었을까. 아니 그 밤, 그런 사고가 정말 있었던 것일까. 그 남자에게 가족이 있었는지, 없었는지도 류지는 모른다. 남자의 대략적인 나이조차 모른다. 자신보다 훨씬 나이 들어 보였던 것만은 분명하지만 삼십 대에서 오십 대 사이의 몇 살이어도 이상할 게 없다. 어차피 누군가는 신고를 했을 테니까 가출인, 실종자의 한 사람으로 간주되었을 것이다. 그 후에 시신이 발견되었다면 범죄의 희생자로 기재되었거나 신원 불명의 시신 한 구로 묻혔을 가능성도 있다. 그것은 류지로 인해서 생겨난 숫자다. 잊을 수 없고, 잊은 적도 없다. 하지만 거의 믿을 수 없어지고 말았다. 그것은 사실이다.

"여보, 야스케 돌아왔어요."

문이 열리는 동시에 노래하는 듯한 아내의 목소리가 들렸다.

"아빠한테 다녀왔어요, 해야지."

아내가 개를 안은 채 허리를 구부리고, 인사 시키는 시늉을 했다.

"어서 오너라. 깨끗하게 씻어서 기분 좋겠구나."

류지는 그렇게 대답하고, 야스케의 턱을 긁어주었다.

"아아, 얼마나 무겁던지."

개를 바닥에 내려놓으며 아내가 말했다. 뭉실뭉실한 다운 코트에서 겨울 바깥 공기의 냄새가 희미하게 났다.

"샴푸를 새로 바꿨대요. 도쿠코 씨는 전에 쓰던 독일제가 더 좋았다고 하는데, 어떤지 모르겠네."

아내가 좌르륵 소리 나게 커튼을 쳤다.

"바로 저녁 준비할게요."

류지는 리모컨을 집어 텔레비전을 켰다.

"이번 샴푸는 영국제래요. 로즈마리랑 유칼리 오일이 들어 있어서 향도 좋고. 나는 좋던데."

해방되자 배변 판으로 달려가 오줌을 누고 돌아온 야스케를 안아 올리며 류지가 아내의 말을 받았다.

"어느 쪽이면 어때."

그러고는 야스케를 향해 말했다.

"영국제? 너 아주 세련된 거 쓰는구나."

"아 참, 조금 전에 길에서 히나코 씨 만났어요. 어디 다녀왔나 봐. 쇼핑백을 무겁게 두 개나 힘들게 들고 있기에 물어봤더니, 책이라고 하는데 딱해 보입디다."

아내의 목소리는 쌀 씻는 소리와 함께 집 안을 평온한 일상성으로 가득 채운다. 평온한 일상성, 건전한 평범함. 뭐라고 하든 류지는 오래전에 ─ 그리고 영원히 ─ 잃어버린 것이다.

"그러니까, 다음에 우리 책 주문할 때 히나코 씨에게도 얘기하는 게 좋겠어요."

"그러지, 뭐" 하고 류지는 대답했다.

"좋은 생각인 것 같군."

여느 때와 다른 냄새가 나는 야스케의 따스한 목덜미에 볼을 비비면서.

6

"그런데 그 사람, 정말 뭘 모르더라."

욕조에 살짝 걸터앉은 가공의 여동생이 말했다. 욕조 속에 있는 히나코는 알몸이지만, 가공의 여동생은 옷을 입은 채다. 검은 스웨터에 짙은 초록색 미니스커트, 히나코의 기억 속에서 여동생이 가장 즐겨 입는 스타일이다. 가공의 여동생은 가공의 존재라서 그런 모습으로 욕실에 있어도 더워하지 않고, 물기 때문에 옷이 젖지도 않는다.

"그 사람?"

"단노 부인. 저녁때."

그러더니 덧붙였다.

"책은 말이지, 서점에서 사야 제맛이잖아."

"아아, 그 일? 괜찮아. 부탁하지 않을 거니까."

안심시키려 한 말인데, 가공의 여동생은 반색을 했다. 아니, 분개했다.

"에이, 그건 당연하잖아. 그리고 묻는 말에 맞는 대답이 아니야."

히나코는 피식 웃고는 다시 대답했다.

"아메코, 너 그 책방 기억하니?"

가공의 여동생은 이제야 옳은 반응이라는 듯이 방긋 웃고는, 물론 기억하고 있다고 대답했다.

"찻집 건너편에 있는, 6번가의 책방보다 훨씬 크고, 좋은 책도 많이 있고, 일도 척척 잘하는 아줌마가 있었던, 그 책방 말이지?"

히나코는 고개를 끄덕였다.

"우리, 거기서 책 참 많이 샀는데."

"응, 그랬지. 어렸을 때는 사달라고 하고, 커서는 우리가 샀고."

가공의 여동생은 눈을 반짝이며 책 제목을 열거하기 시작했다. "히나 짱은 그 책 좋아했지……", "우리 그 책 몇 번이나 읽었는데" 하며.

"그래, 그랬지."

'우리 자체가 되어버린 책들…….'

왠지 돌이킬 수 없는 것들을 하나둘 헤아릴 때 같은 기분으로 히나코는 생각했다.

'우리의 피와 살이 되고 만 책들.'

"책 사 들고 밖으로 나오면, 건너편 찻집에서 좋은 냄새가 흘러나왔고. 커다란 기계로 찻잎을 볶는 뜨겁고 향긋한 냄새가."

가공의 여동생이 즐거움과 그리움에 젖은 목소리로 말해, 히나코도 동시에 떠올리고 말았다. 역의, 남쪽 출구 앞에 형성된 시장 거리. 비교적 넓은 길이었는데, 한쪽에 잡다한 가게들이 닥

지닥지 들어서 있어 온갖 냄새(빵 가게와 장어구이와 문구와 생선과 차의 냄새)가 나고, 시끌시끌하고, 어른도 다니고 자전거도 많이 지나다녔다. 반대쪽에는 놀이 기구가 있는 공원이 있어서, 하늘이 드넓어 보였다.

"참 이상하지."

히나코는 그렇게 중얼거리고, "잠깐 비켜볼래?" 하고는 욕조에서 나와 차가운 타일 위에 다리를 쭉 뻗고 앉았다. 몸이 더워진 것이다. 이마에 송송이 맺힌 땀이 느껴졌다.

"여기로 이사 온 후로, 그 동네 생각만 떠올리는 것 같아."

결혼이 일렀던 히나코는 그 동네에서 지냈던 세월보다, 다른 곳에서 지낸 세월이 이미 길다.

"떠올리면 어때서."

가공의 여동생은 그렇게 말하고, 히나코는 의자에 앉아 머리를 감았다. 그러는 동안, 가공의 여동생은 얌전히 기다리고 있지만, 욕조 테두리로 올라가 살금살금 걷고 있다는 것을 히나코는 기척으로 알 수 있다. 물이 튀지 않도록 그러는 것이다. 그러면서 심심하다는 듯이, 슬쩍슬쩍 히나코를 보고 있다.

"만화는, 6번가 책방 쪽이 훨씬 많았지만."

그리고, 히나코가 머리를 다 감자마자 또 먼 추억을 얘기하기 시작했다.

"말도 없고 퉁명스러운 아저씨나, 말도 없고 퉁명스럽고 안경을 낀 오빠가 책방을 지키고 있었지."

"그래, 기억난다. 좁고 어두컴컴한 책방이었어."

히나코가 대답하고 다시 욕조에 몸을 담그자, 가공의 여동생은 자리를 바꾸듯 욕조에서 내려왔다. 히나코와 여동생은 어른이 된 후에도 간혹 이렇게 같이 목욕을 했기 때문에, 서로 동작의 호흡이 척척 맞는다.

"오늘 본 천, 멋지더라."

히나코가 화제를 바꾼 것은, 뭐든 그립지 않은 얘기를 해야 할 필요를 느꼈기 때문이다. 그러지 않으면, 지금 있는 장소로 돌아올 수 없을 것 같아 두려웠다. 또는, 돌아오고 말 것이 두려웠는지도 모른다. 그래서 얼른 돌아왔다. 처음부터 여기 있는 척할 수 있는 동안에.

"감색 천? 분홍색하고 보라색 섞어서 짠 실이 군데군데 비쳐 보이는 거?"

"딱히 어느 하나는 아니고, 펼쳐서 보여준 건 다."

히나코가 대답했다.

"그래도 그 감색 천은 짧은 바지 만들면 너한테 잘 어울리겠더라."

가공의 여동생은 잠시 생각에 잠겼다가, "응, 어울릴지도 모르겠네" 하고 대답했다. 히나코는 욕조 안에서 두 팔을 움직여 식어가는 물을 천천히 흔들면서, 어느 천은 원피스로, 어느 천은 블라우스로 만들면 좋을지 생각나는 대로 상상하면서 얘기했다. 그 하나하나에 "괜찮겠는데" 하거나 "예쁠 거 같아" 하고 가공의 여동생은 맞장구를 쳤다. 가공의 여동생의 맞장구는 짧지만 진지해서, 입에서 나올 때까지 시간이 조금 걸린다.

"어떤 디자인으로 할 건데?"

"단추의 소재에 달렸겠다."

그런 여러 가지 질문과 의견에 답하지 않고는 얻을 수 없는 맞장구인 것이다. 그래서 히나코는 몇 번이나 타일 위에서 쉬어야 했고, 뜨거운 물을 더 받거나 너무 뜨거워진 물에 차가운 물을 섞어야 했지만, 결국 그건 즐거웠다 할 수 있는 시간이었다. 하지만 히나코는 벌겋게 달아오르고 말았다.

6

눈

1

"스즈키 씨, 돌아오려나 모르겠네."

점심을 먹는 도중에 문득 젓가락을 내려놓고 기시다 도쿠코가 말했다. 구마모토에 주문해 먹고 있는 고등어 쌀겨 절임과, 교토에서 올라온 된장으로 끓인 무청 된장국.

"글쎄, 어떨지. 두 번째라서 말이야."

다이조는 대답했다.

"지난번에도 돌아왔으니까, 이번에도 그럼 좋겠는데."

4층에 사는 스즈키(다이조는 장난삼아 '화백'이라고 부른다. 일요화가다. 젊었을 때는 그 길로 가려고 미대에 다닌 적도 있다는데, 이곳에 입주했을 때는 제약회사의 간부 사원이었고, 아내는 이미 저세상으로 떠난 상태였다)는 전날 저녁 가슴에 통증을 호소해 구급차로 병원에 실려 갔다. 마침 저녁때여서 식당으로 가고 있던 도쿠코와 다이조는 구급차에 실리는 스즈키와 동승하는 이곳 직원의 모습을 로비에서 바라보았다.

"아이 호프 투."

다이조는 가볍게 말했다. 하지만 도쿠코는 그것이 불온한 현실에 대처하는 다이조 나름의 기술이라는 것을 안다. 고령자를 위한 아파트이니 당연하다면 당연한 일일 수도 있지만, 기시다 부부가 입주한 후로 10년 사이에 몇 명이나 이 세상을 떠났다. 한 명, 두 명 없어지고, 집이 비면 새로운 사람이 들어온다.

"저녁때 피아노, 아래층 그 젊은 여자도 올까?"

"뭐라고요?"

그렇게 되물은 것은 도쿠코가 아직도 스즈키 — 라기보다 그의 죽음 — 에 대해 생각하고 있었기 때문이다. 생각해봐야 소용없는 일이란 걸 이성적으로는 알고 있지만.

"거, 왜 있잖아, 단노 씨 옆집에 사는."

"아아, 히나코 씨."

다이조는 히죽 웃으면서 고개를 끄덕거렸다. 성우는 입이 생명이라고 해서 꽤 이른 시기에(그 기술이 아직 인지도를 얻기 전에) 임플란트로 교체한 치아가 담배 때문에 누렇게 변하기는 했어도 치열은 여전히 고르다.

"아마, 안 올 거예요."

도쿠코는 대답했다. 뭐가 되었든, 이 아파트에서 주최하는 행사에 그녀가 참가하는 것을 적어도 도쿠코는 한 번도 본 적이 없다.

"같이 가자고 했다던데, 단노 씨가."

"오면 어쩌겠다는 건데요?"

일어나 그릇을 싱크대로 가져갔다. 단노도 그렇고 남편도 그렇고, 젊은 여자가 이런 곳에 혼자 사는 것에 동정도 가고 관심도 가는 모양이지만, 도쿠코 자신은 그녀의 처지(이사 오기 전에 자살에 실패했다느니, 가족에게 절연을 당했다느니 여러 소문이 있다)를 구태여 동정할 마음이 없다. 그녀에게 무슨 일이 있었든, 결국 사람에게 생기는 일은 본인이 초래한 결과가 아닐까.

남은 반찬을 냉장고에 넣고, 접시와 밥공기를 씻으면서 도쿠코는 개들에 대해 생각했다. 죽어버린 개들, 도쿠코가 지금까지 키운 열 몇 마리의, 래브라도 레트리버나 알래스칸 맬러뮤트 같은 큰 놈들부터 미니 핀셔나 토이 푸들 같은 작은 놈들까지, 똑똑하고 건강하고 용감했던 개들에 대해서. 그 아이들의 생애는 도쿠코 손에 달렸었다. 그 아이들에게는 다른 선택의 여지가 없었다. 후회 없는 생애였다고 생각해줄지 어떨지는 모른다. 하지만 어느 한 놈 불평 한마디 없이 의연하고 고결하게 죽어갔다.

자신도 언젠가 그 아이들 곁으로 간다고 생각하면 위로가 됐다. 위로와 격려, 피할 수 없는 죽음에 대한 마음의 준비에 일조가 됐다.

"도고 세이지는 어떻게 할 건가?"

거실에서 다이조의 목소리가 들렸다.

"뭐라고요?"

수도꼭지를 잠그고 도쿠코가 되물었다.

"그 화백 집에 있는 도고 세이지의 진품 말이야. 늘 자랑하던 그 그림, 만에 하나의 경우, 그 그림은 어떻게 될까 싶어서."

불길하게 그런 소리는, 싶은 생각을 도쿠코는 입 밖으로 꺼내지 않았다. 이 또한 현실에 대처하는 다이조의 방식이다.

2

"다 지난 일이잖아."

마코토는 그렇게 말했다.

"넌 모른다고."

그리고 마사나오는 그렇게 말했다. 아무 말도 하지 말라고.

결혼 전의 모습 그대로인 마사나오의 방 앞, 2층 복도 끝에 둘은 서 있다. 일요일. 아버지는 외출 중이다. 할머니는 지난 1년 동안 내내 그랬듯이 자신의 방에 누워 있다. 그리고 1층에는 에리코와 모에가 있다.

　"돌아가라고 해. 둘 다 만나고 싶지 않으니까."

　그렇게 고하자, "말이 되는 소리를 해야지"라고 한다. 마사나오가 친가로 돌아온 후, 에리코가 이렇게 찾아온 것이 오늘로 네 번째다. 마사나오는 네 번 다 "돌아가"라고만 했다. 첫 번째는 얌전히 돌아간 에리코였지만, 두 번째와 세 번째에는 염치도 없이 손님방에서 묵고는 다음 날 아침 식사 자리에도 끼어 앉았다. 마사나오는 꾹 다문 입을 열지 않았고, 모에를 안지도 않았다. 안고 싶어 견딜 수 없었지만.

　"이제 그만 좀 하라고!"

　마코토가 버럭 소리를 질렀다. 하지만 그래봐야 별수 없다. 마사나오의 마음은 다시 일어설 수 없을 만큼 꺾였고, 누구의 목소리도 들리지 않았다.

　"내려가서 형수랑 얘기를 해."

　"싫다."

　마사나오가 단호하게 대답했다. 복도는 춥고, 벽에 걸린 거울에는 동생의 등 너머로 자신의 얼굴이 비쳐 있다. 불쾌하게 찡그린, 그리고 약간 부은. 옛날부터 실제 나이보다 늙어 보인다는 소리를 수도 없이 들어온 얼굴이다.

마사나오는 에리코와 이혼하고 싶은 것이 아니다. 그건, 상상만 해도 견디기 힘든 일이다. 하지만 에리코의 얼굴을 보고 목소리를 듣는 것도 그만큼 견디기 힘든 일이었다. 그래서 집을 나왔다. 온몸에서 힘이 쭉 빠지고, 생각은 오락가락하고, 어떻게 해야 하는지, 어떻게 하고 싶은지 전혀 가늠하지 못하는 채로.

모든 것이 스크랩북 때문이었다. 에리코는 과거 자신이 모델 생활을 할 때 패션 잡지에 실린 사진을 꼼꼼히 스크랩했고, 전에 마사나오에게도 보여준 적이 있었다.

"이 아이랑은 정말 친하게 지냈어."

"얘는 몸매가 정말 완벽하지? 분하지만, 처음 만났을 때 도저히 못 이기겠다는 생각이 들더라."

그때는 본인보다는 주로 함께 사진 찍은 모델에 대한 얘기가 많았다. 마사나오는 물론 다른 여자는 어떻든 아무 상관이 없었다. 마사나오가 만나기 전의 아내(만났을 때 이미 그녀는 그 일을 그만둔 상태였다), 예쁜데 어딘가 모르게 부자연스럽고, 젊지만 깊이는 없다고 느꼈던 그 에리코를, 오랜만에 다시 보고 싶다는 생각에 아내의 옷장을 뒤지다가 종이 상자 속에서 예기치 못한 전혀 다른 스크랩북을 발견하고 만 것이다.

믿을 수가 없었다. 전라, 또는 속옷만 입거나, 하얀 간호사복을 입은 아내가 도발적인 포즈와 표정(몇몇 사진은 원망스러운 표정으로 보였지만)으로 찍혀 있었다. 아마추어라는 설정인지, 두 눈이 검은 라인으로 가려진 사진도 있었다. 종이 질이나 사이즈도 패션 잡지와 다르고, 피사체인 아내의 이름도 '마이(19)', '렌(22)', '오다케 가나코(가명)' 등 허접하기 이를 데 없었다. 사진에 붙여진 제목도 '오후의 격정', '진정한 나를 봐요', '일하는 중에도 가끔은' 등 생각하고 싶지 않을 만큼 천박했다.

'진정한 나를 봐요.'

이해할 수 없는 것은, 자신의 용모에도 자신 있고 정상적인 가정에서 금전적으로도 여유롭게 자랐을 에리코가 왜 카메라 앞에서 이렇듯 몸을 드러내고 성인용 사진을 찍었나 하는 점이었다. 마사나오가 따져 물었을 때, 에리코는 "일인데, 뭐" 하고 대답했다. 이 일을 선택할 수밖에 없을 정도로 궁했느냐는 질문에는 선택한 결과라고, 전혀 부끄럽지 않다고 태연하게 대답했다. 숨긴 일에 대해서는 사과했지만, 후회하는 표정은 전혀 보이지 않았다.

선정적인 사진이 정말 많았다. 상처가 난 것처럼 일부러 립스틱을 한쪽 볼까지 삐져나오게 발랐나 하면, 엎드린 자세에서 엉덩이만 높이 쳐들거나 카메라를 향해 혀를 내민 사진도 있었다.

마사나오가 가장 치를 떨었던 한 장은, 그 사진들에 비하면 오히려 얌전한 편이었는지도 모른다. 페이지 전면에, 눈이 촉촉하게 젖은 에리코의 얼굴(안약이라도 넣었는지, 어떤 감동에 겨웠는지는 판단할 수 없었다)과 아무것도 걸치지 않은 상반신 사진이었다. 마른 몸에 비해서 풍만한 가슴 한가운데, 유두가 있는 위치에 별이 그려져 있었다. 빨간 별, 그 유치함. 마사나오는 속이 메슥거렸다. 그것은 모에에 대한 모욕이었다. 에리코의 가슴은 모에의 양분이자 평안함이 아니었던가. 딸에게 젖을 물리는 아내의 모습을 마사나오는 신성하게 여기고 있었다.

"형이 안 내려가면 형수를 2층으로 데리고 오겠어."

"마음대로 해. 난 만나지 않을 거니까."

마사나오는 그렇게 대답하고는 이내 말을 바꿨다.

"안 돼, 데리고 오지 마. 만날 수 없어."

바로 얼마 전까지만 해도 일요일은 아내와 딸 옆에 있을 수 있는, 일주일에서 가장 빛나는 날이었다.

"넌, 내 심정을 모른다."

같은 말을 마사나오는 몇 번이나 되풀이했다. 에리코가 사정을 설명한 것 같기는 하지만, 마코토가 그 사진을 실제로 본 것은 아니다.

"그 사진을 보면, 에리코와 그 여자가 겹쳐 보여."

진심을 털어놓자, 마코토는 한숨을 쉬었다.

"무슨 바보 같은 소리야. 어머니와는 관계없잖아."

과연 그럴까? 마사나오는 알 수가 없었다. 특정한 한 사람을 상대하는 것이냐, 불특정한 여러 사람을 상대하는 것이냐 하는 차이는 있지만 남자(들)에게 교태를 부렸다는 것만으로도, 마사나오에게는 두 여자가 똑같이 끔찍했다.

3

밤새 눈이 계속 내렸다. 아침에 일어났을 때에는 이미 그친 뒤였지만, 사방이 온통 새하얬다. 학교는 휴교령이 내려 갈 수 없어도, 드류가 놀러 와준 것으로 나쓰키는 충분히 만족스러웠다. 눈은 언제든 갑자기, 어느 하루를 특별하게 만든다. 부엌에서는 엄마가 케이크를 굽고 있고, 그 옆에서 드류의 엄마가 주스를 마시고 있다. 적어도, 조금 전에 봤을 때는 그랬다. 둘 다 빨간 얼굴과 손으로 숨을 헉헉거리면서 눈을 치웠다. 두 엄마가 눈을 치우는 동안, 나쓰키와 드류는 물론 눈사람을 만들었다. 나쓰키는 눈사람은 일본에서만 만드는 줄 알았는데, 이곳에 온 첫해 겨울 이 집 저 집 마당에 눈사람이 서 있는 것을 보고는 깜짝 놀랐다.

스노우맨이라고 배웠다. 하지만 오늘 만든 것은 스노우걸이다. 나쓰키가 여름에 쓰는 밀짚모자(분홍색 리본이 달려 있다)도 씌우고 드류의 비즈 목걸이도 걸어주었기 때문이다(그러느라 스노우걸의 커다란 머리를 무너뜨려야 했다). 눈은 차갑고 보슬보슬하고, 햇살은 눈이 시릴 정도로 반짝거렸다.

"난 눈이 진짜 좋더라."

드류가 말했다.

"여름에도 눈이 오면 좋을 텐데. 그럼 시원해서 에어컨도 필요 없고, 환경에도 좋잖아."

"그래도 눈 오는 날엔 히터가 필요하잖아. 히터도 없어도 돼?"

사실 둘은 지금 나쓰키의 따뜻한 방에 있다. 구아바 주스를 쪼륵쪼륵 마시면서, 비즈 목걸이를 만들고 있는 중이다. 나쓰키가 눈길로 가리킨 패널 히터를 보고서 드류는 "아, 그렇네" 하며 웃었다. "그렇구나, 그럼 똑같네" 하고.

비즈 목걸이는 반 여자애들 사이에서 작년에 한창 유행했던 놀이다. 하얀색과 분홍색, 하늘색의 조그만 비즈를 투명한 실로 엮으면서 군데군데 하트 모양이나 꽃모양, 스마일 마크 모양의 커다란 비즈를 섞었다. 올해가 되어서는 언제 그랬느냐는 듯이 유행이 사라지고 킴벌리는 너무 어린애 같다며 대놓고 놀리기도 하지만, 나쓰키와 드류는 지금도 남몰래 열중하고 있다. 이

놀이는 얘기하면서 할 수 있다는 점이 좋다. 드류는 지금 스테판에 대해서 얘기하고 있다. 4학년 중에서 '제일 귀여운' 스테판에 대해서.

나쓰키에게는 지금 좋아하는 남자애가 없다. 스테판은 본 적은 있지만, 어디가 귀엽다는 건지 알 수 없었다. 나쓰키의 관찰에 따르면 남자애는 촌스럽고 거칠거나, 울보에 응석받이거나 둘 중 하나다. 마크 링이라는 중국계 남자애는 어른스럽고 그룹학습 때도 늘 친절하게 대해준다는 것을 인정해야겠지만.

"케니는 요즘 어떻게 지내?"

드류가 물었다.

"또 전처럼 머리 잡아당기고 그러면 말해. 남자애들은 정말 바보라니까."

나쓰키는 괜찮다고 대답했다. 요즘은 아무도 나쓰키를 잡아당기지 않는다. 어디도.

"무슨 얘기를 그렇게 하고 있니?"

부르러 온 드류의 엄마가 물었을 때, 나쓰키와 드류는 똑같이 "남자애들" 하고 대답했다.

계단을 내려가자, 케이크를 굽는 따끈한 냄새가 났다. 부엌 테이블에 앉아, 드류는 크리스마스 선물로 받을 예정인 스키 보드와, 좀 일찍 받을 예정인 운동화(은색이고 끈은 분홍색이다)에 대해 가르쳐주었다. 나쓰키는 갖고 싶었던 휴대전화를 선물받기로 했고, 이른 선물인 블라우스는 벌써 받았다. 소매가 봉긋 부푼 분홍색 블라우스.

엄마가 크리스마스 선물로 휴대전화를 주기로 한 것은 얼마 전에 나쓰키 혼자 고지마 선생님을 만나러 갔기 때문이다. 그때 엄마는 '거의 미쳐버릴 만큼' 걱정했던 것 같다. 아빠 회사로 전화를 걸었을 정도다. 그리고 밤에 아빠와 의논해서 나쓰키와 언제든 연락이 되고 어디 있는지 알 수 있도록 GPS 기능이 있는 휴대전화를 사주기로 결정한 것이다.

"그렇다고, 혼자서 어디든 가도 괜찮다는 뜻은 아니야."

엄마는 그렇게 못을 박았다. 그래도 그 모험은 즐거웠다고 나쓰키는 생각한다. 위험을 무릅쓴 보람이 있었다. 고지마 선생님과 얘기도 많이 나눌 수 있었고, 선생님의 차에도 탔다. 누군가의 차를 타는 것은, 그 사람의 집이나 방을 보는 것과 조금 비슷하다. 차도 저마다 냄새가 다르고, 놓여 있는 것도, 어질러져 있는 상태도 저마다 독특하기 때문이다. 나쓰키네 차는 볼보이고, 차 안은 깔끔하지만 엄마의 향수 냄새가 희미하게 배어 있고, 아빠는 뭐가 들어 있는지 모를 가방 하나를 마냥 거기 놔두고 있다. 드류네 차는 이름은 모르지만 타이어가 크고 어두운 녹색의 지프 같은 차로, 어째서인지 운전석의 바닥에만 신문지가 깔려 있다. 뒷좌석에는 동물의 가죽으로 만든 쿠션이 두 개 놓여 있고, 시디와 과자 봉지와 일회용 반창고, 인형이 널려 있다.

고지마 선생님의 자주색 차는 몸집이 자그마한 선생님에게 어울리지 않게 크고 넓적하고, 엄청나게 낡아 보였다. 차 안에서는 마른 꽃 냄새가 났다. 오래되어 말라붙은 알사탕 같은 냄새도 났다. 뒷좌석에는 책이 잔뜩 실려 있었다. 정말 '실려 있다'는 느낌이었다, 왜 그랬는지는 모르겠지만. 차가 움직이기 시작하자 전철처럼 덜컹거렸다. 하지만 처음에만 그랬고, 조금 더 가자 아무 문제가 없어 나쓰키는 안도했다.

선생님은 음악을 듣고 싶은지 물었다. 나쓰키는 좀 더 많은 얘기를 나누고 싶어 아니라고 대답했지만, 그래도 너무 조용하면 오히려 긴장돼서 말이 잘 나오지 않을 것 같아 음악을 틀어달라고 바꿔 말했다. 선생님은 라디오를 켜주었다. 여가수의 노래가 흘러나왔다. 선생님은 운전을 하면서 머리를 위아래로 끄덕거리며 리듬을 타기 시작했고, 그 움직임이 좀 웃겨서 나쓰키는 웃고 말았다. 그러고야 겨우 학생이었을 때와 똑같은 편안한 기분으로 얘기할 수 있었다.

나쓰키는 평소의 그녀답지 않게 얘기 보따리를 줄줄이 풀어놓았다. 브라스 밴드에 대해서(재미있지만, 부원들 대부분이 상급생이라서 사실 아직도 긴장하고 있다), 킴벌리와 드류에 대해서,

그리고 지금도 스기나미구의 집 꿈을 꾼다는 것과 치과에 대해서(나쓰키는 내년에 그 끔찍한 교정기를 끼게 될지도 모른다). 도중에 선생님이 사 준 사이다를 마시면서, 선생님에게 보고할 일이 너무 많아 자신도 놀랄 정도였다. 선생님도 나쓰키에게 몇 가지 보고를 해주었다. 최근에 토마토를 먹게 되었다는 것(오이는 여전히 먹지 못하지만)과, 캐나다에 온 지 14년이 되었지만 지금도 일본 꿈을 꾸는데, 그건 슬픈 일이 아니라 오히려 반가운 일이라는 얘기도. 선생님에게 조카가 있다는 것도 알았다(오래도록 만나지 못했는데, 지금의 나쓰키 정도 나이였던 그 아이가 얼마 전에 꿈에 나왔다고 했다). 선생님이 고양이를 키운다는 것은 전에도 들어서 알고 있었지만, 여자 친구와 방을 같이 쓰고 있다는 것도 알게 되었다.

이야기에 너무 열중한 나머지 차가 집 앞에 도착했는데도 한참을 알아차리지 못했다. 엄마가 뛰어나온 후에야, 거기가 어디인지 겨우 알았다. 나쓰키는 새삼스럽게 감탄했다. 정말 고지마 선생님은 어른이라고 느껴지지 않을 만큼 말이 잘 통하는 사람이다.

게다가 대화 도중에 멋진 제안도 해주었다.

"언젠가, 나쓰키는 비브라폰을 연주하고 선생님은 피아노 치고, 그렇게 합주하자."

선생님은 피아노도 칠 줄 안다. 이 나라에 막 왔을 때는 레스토랑에서 연주하는 일을 했다고 하니까, 아주 멋지게 칠 것이다.

"한 조각 더 먹을래?"

엄마가 물어, 나쓰키는 "응" 하며 접시를 내밀었다. 케이크에는 사과가 얹혀 있다. 케이크에서 사과를 고스란히 빼내 케이크와 사과를 따로 먹으려 했던 드류에게 드류의 엄마가 눈썹을 찡그려 보였다.

'언젠가 선생님과 합주하기 위해서라도, 브라스 밴드 연습을 계속 열심히 해야지.'

나쓰키는 그렇게 결심하고서 두 조각째 케이크를 먹기 시작했다.

4

콘서트는 아직 시작되지 않았다. 실내 공기가 답답하고 무겁게 느껴지는 것은, 아무도 말하지 않지만 스즈키가 걱정스러워서일 것이다. 아무도 말을 하지 않는다는 것 자체가 이미 무언가를 뜻했다. 어제저녁 구급차로 실려 갔다는 그 노인(예의는 바르지만 차림새는 엉망이고 아침 일찍 산책하는 습관이 있는 사람이었다)과 거의 얘기를 나눠본 적 없는 게이코조차 가슴이 울렁거렸다. 없어진다는 것. 물론 스즈키는 아직 세상을 뜨지 않았다(아니, 누구도 지금 상태를 정확하게 파악하고 있지 않다).

없어진다는 것. 자신에게도 류지에게도, 언젠가 그날은 올 것이다. 다행히 아직은 둘 다 건강하고, 이 아파트에서 육십 대 전반은 비교적 젊은 층이라 차례로 하자면 한참 멀었지만.

"더 달라고 하면 안 되려나."

옆자리에서 빈 잔을 손에 들고 도쿠코가 말했다.

"부탁하면 더 주지 않겠어? 더 준다고 아까울 만큼 고급스러운 와인도 아니고 말이지."

기시다가 대답하자, 게이코는 얼굴을 찡그리지 않으려고 애를 썼다. 5천 엔에 티켓을 산 참석자에게는 와인 한 잔이나 커피와 과자 세트가 제공된다고 전단지에 명시되어 있었다. 그것은 특전이랄 정도는 아니어도 덤이며, 그렇게 정해져 있는 일이다. 그런데 더 받으려 하다니 염치가 없다.

"슈베르트의 유작을 포함해서 다섯 곡을 연주한다는데, 어느 곡이 유작인지 모르겠네."

게이코는 조금 전의 대화를 못 들은 척하면서 화제를 넌지시 음악 쪽으로 유도했다. 평소 신세를 지고 있는 나이 많은 기시다 부부에게 이렇게 마음을 쓰는 것도 자신의 역할이라고 게이코는 생각한다.

"글쎄. 당최 읽을 수가 있어야지, 이렇게 작은 글자는."

레퍼토리가 인쇄된 종이를 과장스럽다 싶게 멀찌감치 들고서 도쿠코가 말했다.

"론도입니다, D장조의."

류지가 대답하자, 게이코는 남편의 박식함에 감동했다.

"몇 번째 곡?"

"세 번째 곡이요. 작품 138, D 608이라고 쓰여 있는 곡입니다" 하고 나직하게 대답하는 남편의 허벅지에 게이코는 살며시 손을 올려놓았다.

"도호 음대라고 하니까 기억이 나는데 말이야."

두 피아니스트의 약력을 중얼중얼 읽던 기시다가 몸을 이쪽으로 내밀고 류지에게 말을 건넸다.

"이건 맹세컨대 내 얘기가 아니야. 내가 아닌데, 어느 거물 배우가, 벌써 20년 전 일이지만, 도호 음대를 나온 여자와 좀 안 풀린 일이 있거든."

게이코는 당황했다. 아내 둘을 사이에 둔 지금 굳이 그런 얘기를 할 필요가 있는 걸까.

"그 여자는 피아노과 출신이 아니라 성악과 출신이었는데, 그거 할 때 소리가……."

게이코는 그만 듣기로 했다. 도쿠코가 왜 이런 남자를 견디며 사는지 이해할 수 없었다. 이런 남자와 몇십 년이나 같이 살고 있다니.

하지만 세상에는 더 끔찍한 남자도 있다. 아내에게 폭력을 휘두르는 남자, 아이를 학대하는 남자, 술과 도박에 빠지거나 범죄를 저지르는 남자.

벽에 걸린 시계가 7시 2분을 가리키고 있었다. 자신은 정말 행운아라고 게이코는 생각했다.

"7시가 지났는데, 왜 아직 시작을 안 하는 거지?"

그렇게, 기시다의 시답잖은 얘기에서 오직 남편을 구하기 위해 말한다.

5

오랜만에 옆집 남자가 찾아왔을 때, 히나코는 방 청소를 끝내고 구두를 닦으면서 가공의 여동생과 죽음에 대해 얘기하는 중이었다. 자매가 지금까지 봐온 몇 번의 — 각양각색이었지만 한결같이 놀람이 뒤따른, 슬프고, 폭력적이고, 때로는 평온한 — 죽음에 대해서. 얼마 전에 위층에 사는 사람이 죽었기 때문이다. 히나코는 그 주민과는 면식도 없었지만, 입구 로비에 근일 중에 인테리어 업자의 출입이 있을 것이라는 메모가 붙어 있는 것으로 보아, 아마 혼자 살았던 것 같다.

히나코는 죽음을 조심스럽게 다뤘다. 밝고, 단순한 스토리의 결말. 누구에게나 찾아오는 안식. 그 이상도 이하도 아닌 것으로. 행여 고인의 피와 살과 뼈, 인생이나 감정을 짓밟지 않도록.

"그래도 우리 엄마는 편안하게 돌아가셨어."

히나코는 가공의 여동생에게, 웃는 얼굴로 그렇게 말했다.

"돌아가시기 직전까지 건강했고, 와인을 마시면서 '아빠가 왜 이렇게 데리러 오지 않는 건지' 하고 투덜거리더니, 그 밤에 그대로, 그야말로 잠이 든 것처럼 돌아가셨으니까."

"그렇지, 정말 다행인 거지. 그거 아빠가 진짜로 데리러 온 거였다고 생각해, 난."

가공의 여동생이 대답했다. 현실의 아메코는 그 당시 실종 상태였지만.

"게다가 엄마는 병원도 싫어했는데, 집에서 돌아가셨으니 얼마나 다행이야" 하고.

자매의 아버지는 병원에서 돌아가셨다. 히나코의 첫 남편이며 마사나오의 아버지였던 남자도. 병실, 복도, 수술실, 중환자실, 의사, 간호사, 소독약 냄새, 심전도와 인공호흡기에서 나는 소리,

문병 온 사람들이 들고 온 꽃다발과 과일, 창문으로 보이는 경치, 매점에서 사는 주간지, 맛없는 환자식이 담긴 쟁반, 그것을 운반하는 왜건, 링거 스탠드를 다그륵 다그륵 끌며 걸어가는 아버지의 뒷모습, 퇴원과 재입원과 재수술……. 하지만 히나코는 가공의 여동생과의 대화에서는 그것들을 몰아낸다. 물론 마구간에서 목매 죽은 남자에 대해서도.

"그렇게 생각하는 거, 이제 그만해."

그런데도 가공의 여동생은 말한다. 오늘 그녀는 스무 살 정도로 보인다. 하늘색 블라우스에 감색 미니스커트를 입고 있다. 양말을 신지 않은 조그만 발은 볼이 좁고 얇다.

히나코는 알 수 없었다. 다만, 있는 그대로의 사실을 생각한다. 지금 내게 남아 있는 것은 기억뿐이라고.

"그거, 꽤 좋은 구두네."

가공의 여동생이 가리킨 구두는 검은색 앵클부츠다. 히나코는 외출을 거의 안 하기 때문에 갖고 있는 구두가 몇 켤레 안 된다. 옷은 몰라도 구두는 반드시 좋은 것을 신으라는 엄마의 잔소리를 듣고 자란 까닭인지, 길을 걸을 때면 구두 가게가 제일 먼저 눈에 띈다. 그래서 옛날에는 꽤 많이 갖고 있었는데, 남편이 아닌 남자를 따라 승마를 시작하고부터는 고무장화와 운동화, 승마 부츠 같은 투박한 것들만 늘어났다. 그 전까지는 자신과는 인

연이 없다고 믿었던 것들이었다. 하지만 지금 그것들은 어디에도 없다. 이곳에 입주하기로 결정했을 때 남편이나 아들이 처분했을 것이다. 히나코는 지금은 거의 믿을 수가 없다. 고무장화와 운동화, 승마 부츠, 그런 것들을 신었던 날들이 정말 있었던 것일까. 종일을 밖에서 지내는 일도 많았다. 일거리는 얼마든지 있었고, 노동은 즐거웠다(트랙터 운전까지 배웠다). 남자가 동료 둘과 운영하는 마사 — 겸 승마 스쿨 — 뒤로 흐르는 강을 히나코는 좋아했다.

"죽음 하면, 「길」이라는 영화에서 젤소미나가 죽는 장면이 참 슬펐지."

깡통에 든 천과 브러시, 광택을 내는 크림과 방수 스프레이 등을 하나하나 들춰보면서 가공의 여동생이 말했다.

"「라임 라이트」에서 칼베로가 죽는 장면도 슬펐고."

히나코가 말하자, 가공의 여동생은 바로 "채플린은 언제나 슬프잖아" 하고 단언했다.

좁은 현관에서는 구두약 냄새가 나고, 복도에는 카펫이 깔려 있다. 신발장 위에 놓아둔 과일 바구니는 빈 채로 먼지만 쌓여 있다.

"이건 뭐야?"

구두 바닥에 묻은 쓰레기나 흙을 떨어낼 때 쓰는 조그만 구둣

주걱을 손에 들고서 가공의 여동생이 물었을 때, 옆집 남자가 찾아왔다.

"안녕하세요. 지금, 괜찮습니까? 아니면 폐가 되려나."

남자는 늘 하는 말을 했다. 히나코는 들어오시라고 대답하고서 남자가 지나갈 수 있게 한쪽으로 비켰다.

"조심하세요, 밟지 않게."

널린 도구들을 가리키며 말하자, "알겠습니다" 하고 대답한 남자는 성큼 뛰어 그것들을 넘어갔다. "날씨가 춥군요", "잘 계셨습니까?", "그냥, 요즘 좀 뜸했나 싶어서요", 그런 말을 하면서. 익숙한 태도로 들어오면서도 "앉으세요"라는 말을 할 때까지 서 있는 남자를 히나코는 예의 바르다고 생각한다.

"당연한 걸 가지고 뭘 그래? 언니는 마음이 너무 좋다니까."

가공의 여동생이 말했다.

"이거……."

남자가 종이로 된 봉투를 내밀었다. 유명한 돈가스집 포장지였고, 안에는 샌드위치가 들어 있었다.

"히나코 씨, 점심 안 먹었죠?"

3시에 가까운 시간. 창밖이 어두침침해서 벌써 저녁때처럼 보였다.

"어떻게 알았어요?"

히나코는 놀라 물었다. 이런 일이 종종 있다. 남자가 웃었다.

"히나코 씨가 전에 말했어요. 점심은 거의 안 먹는다고."

말했을까. 그런지도 모른다.

"먹는 게 좋습니다. 먹는 것은 중요한 일이에요."

가공의 여동생이 얼굴을 찡그렸다. 쓸데없는 간섭이라고 생각하는지, 당연한 일이라고 생각하는지, 히나코로서는 판단할 수 없었다. 샌드위치를 꺼내 접시에 담고, 엽차를 끓였다.

"아, 냄새 좋다. 그 거리의 저녁 냄새."

가공의 여동생이 중얼거렸다. 그 거리의 상점가를 동생과 걸었던 수많은 기억이 뒤섞여 떠올랐다. 어떤 때에는 역 앞에서 만나기로 약속해서, 어떤 때에는 엄마의 심부름으로, 어떤 때에는 자전거를 타고, 어떤 때에는 도서관에 책을 돌려주러.

"지난주에 하와이에 다녀왔어요."

거실에서 남자가 그렇게 말하는 소리가 들렸다.

"조카의 결혼식에 참석했지요."

그리고 히나코가 축하 인사를 건네기도 전에 "앗!" 하고 외치더니, 금방 돌아오겠다면서 밖으로 나가고 말았다.

"이상하네. 벌써 간 건가."

가공의 여동생이 그렇게 말하며 남자에게 대접한 엽차를 마시려고 했다.

"돌아올 거라고 말하고 나갔잖아. 아메 쨩은 단노 씨한테 유독 까칠하게 굴더라."

"그런 게 아니야. 그냥 이상하다는 거지. 볼일도 없으면서 툭 하면 찾아오고, 항상 꼬치꼬치 캐묻고, 웃고 있는데도 표정은 슬 퍼 보이고."

"채플린처럼?"

히나코가 농담하자, 가공의 여동생은 소리 내어 웃었다.

"그래, 채플린처럼. 좋네, 그 말."

돌아온 남자는 손에 초콜릿 상자를 들고 있었다.

"선물입니다. 가져온다는 걸 깜박해서."

히나코는 고맙다고 말하며 받아 들었다. 그리고 역시 선물이 었던 샌드위치를 집으면서, 서핑이 취미라는 그 조카의 '창피할 정도로 가족적이며 자연 친화적'이었던 결혼식 얘기를 들었다.

6

마주 앉은 남자 친구의 얼굴을 아미는 말똥말똥, 멀뚱멀뚱 바 라보았다. 호리호리하고, 눈썹이 짙고, 겨울인데 까맣게 탄 얼 굴을.

왜 그러느냐는 눈빛으로 마코토가 아미를 쳐다봤다.

"아무것도 아니야" 하고 아미가 대답했다.

"우리 남친, 진짜 잘생겼다는 생각에."

"뭔 소리야?"

마코토가 웃었다. 'B.W'라는 두 사람이 좋아하는 레스토랑의 창가 자리. 밖에는 12월치고는 흔치 않게 눈발이 날리고 있다. 때로 시야에 눈발이 살랑 스치는 정도라, 금방 그치겠지만.

해 질 녘. 오늘은 역에서 만나기로 약속해서 러브호텔에 들러 여기로 왔다. 아미는 마코토와 나눈 섹스를 수첩에 기록하고 있다. 물론 말할 생각은 없지만, 오늘은 그 백 번째로 기념할 만한 날이다. 1년 8개월에 백 번. 횟수에 의미는 없다 쳐도, 꽤 멋진 사실이 아닌가.

아미는 만날 때마다 자신이 마코토를 더욱 좋아하게 되는 것을 느낀다. 그것은 기쁜 한편 두려운 일이다. 왜냐하면 아미는 지금의 자신이 마음에 들기 때문이다. 그래서 변하고 싶지 않은 것이다. 마코토든 아니든, 이 이상 누군가를 좋아하게 되면 자신이 자신이 아니게 되고 말 것 같아, 그런 상황만은 피해야 한다고 생각한다. 반드시, 반드시 피해야 한다고.

"형이 아직 집에 있어서 말이야."

레몬 슬라이스가 떠 있는 콜라를 빨대로 콕콕 찍으면서 마코토가 말했다.

"얼마나 고집이 센지, 감당이 안 돼."

"그래도 안됐다, 마사나오 씨."

그렇게 중얼거리자 "안됐기는, 뭐가" 하고 되받았다. 어린애처럼 거친 말투에 아미는 그만 웃고 말았다.

"정말 사이가 좋네, 그 집 형제들."

외동딸인 아미는 아버지가 다르고 터울도 많은데 친해 보이는 두 사람이 전부터 부러웠다.

"그런가."

"그럼."

대답하고서 아미는 또 마코토를 말똥말똥 바라봤다. 친절하고 인상 좋고, 함께 있으면 안심이 되고, 사고가 건전한 그를. 이렇게 평범한 남자를 어떻게 바라보지 않을 수 있을까. 아미는 평범한 남자란 희귀종이라는 견해를 갖고 있다.

"사이가 좋다는 건 정말 좋은 일이야."

슬슬 가게에서 나가야 할 시간이었다. 오늘은 둘 다 아르바이트가 있는 날이다.

"나갈까?"

아미의 기분을 꿰뚫은 것처럼 마코토가 말하고, "가자" 하고 아미도 대답했다. 마코토는 휴대전화를 만지작거리면서 마음은 딴 데 있다는 식으로 계산대로 향했다. 조금도 미련이 없어 보이는 그 뒷모습을 아미는 만족스럽게 바라봤다. 금방 또 만날 수 있고, 당연히 만난다고 믿어 의심하지 않는 남자의 등이기 때문이다.

7

"눈이다!"

가공의 여동생이 외치며 창문을 열었다.

"히나 짱, 이리 와봐. 빨리 빨리."

창틀을 잡고 한 발로 선 채 윗몸을 완전히 밖으로 내밀고 있었다. 히나코가 다가가자 한 발치 옆으로 비켜나 자리를 마련해준다.

"정말. 예쁘다."

내린다기보다, 바람을 타고 밤 속으로 날아온 하얀 조각은 무척이나 가련해 보였다.

"긴장되는 거야?"

히나코는 뭐라 대답할 말이 없었다. 가공의 여동생은 웃으면서 "마침 방청소도 했겠다, 잘됐네, 뭐" 하고 말했다.

마사나오의 아내라는 여자에게서 전화가 걸려온 건 옆집 남자가 돌아간 직후였다. 여자는 히나코에게 의논할 일이 있다고 했다. "불쑥 전화로 말씀드려서 죄송하지만, 내일 찾아봬도 될까요?" 하고. 차분한 목소리에 공손한 말투였다.

"마사나오도 같이?"

히나코가 묻자, "아니요" 하고 미안하다는 듯이 대답했다.

"하지만 딸은 데리고 갈 거예요."

"마사나오가 싫어할 거야."

히나코는 말했다. 만나고 싶은 마음보다, 두려움이 강했다. 무엇에 대한 두려움인지는 자신도 잘 알 수 없었지만.

"몇 시에 오는데?"

가공의 여동생이 물었다.

"기대된다, 안 그래? 마사나오의 신부랑, 마사나오의 딸이랑."

현실의 아메코는 마사나오를 언제나 귀여워했다.

"그런데 무슨 낯으로 만나면 좋을지 모르겠네."

히나코가 말하자, 가공의 여동생은 창문으로 손을 내밀어 눈송이 하나를 손바닥에 받아, "얼굴은 한 사람에게 한 개밖에 없잖아" 하고 말했다. 눈송이는 손바닥에 닿자마자 물이 되었다.

"그건 그렇네."

히나코가 미소 지었다. 알고 있다. 더구나 이미, 오라고 대답하고 말았다. "그래요, 기다리고 있을게요"라고. 마치 모범적인 시어머니처럼.

눈은 눈을 찡그리고 잘 봐야 보일 정도로 천천히, 조금씩 내렸다.

"옛날에 말이지, 둘이서 영국 여행 갔을 때, 폭설이 내렸잖아."

가공의 여동생이 말했다.

"그래, 기억나네. 요크셔였지? 브론테의 생가와 폭풍의 언덕을 구경하는 투어."

"그래."

가공의 여동생은 기쁜 듯이 대답하고는, 맛있었던 호텔 조식과 샬롯의 옷(목사관에 전시되어 있었다)이 너무 작아 놀랐다는 얘기를 했다.

"그래, 그랬지."

히나코는 바로 옆에 있는 사진으로 눈길이 돌아가지 않도록 조심하면서 맞장구를 쳤다. 눈이 소복한 경치를 배경으로 자매가 나란히 서서 웃고 있다. 이 방을 장식하고 있는 것들 중 유일하게 현실의 아메코가 찍힌 사진이다. 히나코 처녀 시절의 마지막 겨울, 아메코는 아직 대학생이었다.

"추웠지만 정말 아름다웠지. 사방이 온통 새하얗고."

그로부터 30년이나 지났다.

"그리고 언니는 도중에 걷지도 못하게 됐고. 발이 시려서 금방이라도 울 것 같은 얼굴이었어."

가공의 여동생이 웃었다.

"구두까지 다 젖어서, 발가락이 곱아버렸는걸, 뭐."

히나코는 그때 가죽 부츠를 신고 있었다. 고무장화와 트레킹 슈즈는 히나코의 인생에 아직 등장하지 않은 때였다.

"호텔로 돌아오니까 얼마나 안도가 되던지."

"방에는 코코아가 준비되어 있었고."

"그래, 맞아."

아주 오래전에 한 여행인데, 세세한 일까지 선명하게 기억나는 것에 히나코는 당황했다. 정말이었을까. 그 여행은, 정말 그런 식이었을까. 아니면, 여동생처럼, 기억도 가공인 것일까.

현실의 눈은 이미 그쳐버렸다.

"아쉽다."

가공의 여동생이 말했다.

"쌓이면 재미있을 텐데."

어렸을 때, 자매는 눈을 좋아했다. 쌓이면 끙끙거리며 눈사람을 만들었고, 온기가 달아난다고 혼이 나면서도 창문을 열고 내리는 눈을 하염없이 바라보았다.

히나코는 창문을 닫았다. 9시가 지났는데, 오후 늦게 샌드위치를 먹어서 그런지 배는 고프지 않았다.

"그래도 뭐 좀 먹지그래?"

가공의 여동생이 피아노 뚜껑을 열고는 "채플린도 그랬잖아. 먹는 편이 좋다고" 하면서, 손가락 하나로 건반을 눌렀다. 타앙, 하고 레 소리가 울린다. 팅, 하고 시 소리가 울린다.

"먹고 싶지 않아."

히나코가 대답하고는 "역시 긴장하고 있는지도 모르겠네" 하고 인정했다. 가공의 여동생은 이상하다는 표정을 지었다.

"그럴 필요 없잖아."

엄마와 똑같은 딱 부러지는 말투로 중얼거린다.

"기대된다, 내일이."

그리고 피아노를 치기 시작했다. 「지그Gigue」다. 시끌시끌하고 빠르고, 소박하면서 명랑한 가공의 소리가 피아노에서 넘쳐흘러 방을 채웠다. 히나코는 선 채로 눈을 감고, 온몸으로 그 소리를 들었다. 현실에는 존재하지 않는 소리 하나하나가, 현실에 존재하는 자신 위로, 주위로, 잇달아 내려왔다가 사라지는 것을 느낀다. 눈처럼, 기억처럼.

역자 후기

　쉰네 살 하나코의 내면에는 현실과는 다른 또 하나의 시간이 흐른다. 아니, '가공의 여동생'과 나누는 대화로 이루어진 그 다른 시간의 흐름에 밀려 현실은 저만치 뒤로 밀려나 있다. 그녀의 현실은 '어느 시점' 이전에 머물러 있는 것이다. 그럼에도 그녀의 아버지 다른 두 아들과 불쑥불쑥 찾아오는 옆집 아저씨, 노령자 아파트에 사는 이웃들의 삶은 그녀와 멀찌감치 떨어진 곳에서 그녀의 현재를 구성한다.

　그리고 이 소설 안에는 하나코는 알지 못하는 다른 시간의 축도 있다. 하나코에게는 기억 속에만 존재하는 '가공의 여동생'의 현재 삶이다.

　맞물리지 않을 것처럼 보이는 얘기들이 돌고 도는 원을 그리면서 중심을 향해 조금씩 그 지름을 좁혀간다.

그러는 동안 히나코는 끊임없이 가공의 여동생과의 상상 속의 대화를 통해 우리에게 그녀의 과거를 들려준다. 여동생 아메코와의 어린 시절부터 연애와 결혼, 그리고 광기와도 같았던 새로운 사랑과 인생의 벼랑 끝. 가공의 여동생은 사실 지구 상에 존재하지만, 그녀들이 공유하는 의미 있는 것이란 과거의 기억일 뿐이다. 고비토를 본 적이 있는 언니와 '토마토와 오이를 먹지 않는' 동생으로 살았던 과거. 그녀들은 멀리 떨어진 곳에서 서로 다른 삶을 살고 있으며 과거라는 공통항을 매개로 언제나 이어져 있으되, 거기에 현재가 발 디딜 틈은 없다.

그러니 과거가 힘을 발휘할 수 있는 것은 기억의 무덤에서 헤어나와 현재의 삶을 뒷받침할 때다. 얘기들이 하나둘 맞물려 등

장인물들의 연결 고리가 원의 중심에 모였을 때, 현재가 히나코 에게 내민 손, 그 손을 마주잡는 순간 뒤로 밀려났던 시간이 제 자리를 찾고 히나코의 삶은 소설의 지평을 떠난다.

2014년 하늘이 부연 한여름 날

김난주